DOLORÈS
OU LE VENTRE DES CHIENS

"Domaine français"

DU MÊME AUTEUR

LA TERRE SOUS LES ONGLES, Rivages, 2015.
LA PEAU, L'ÉCORCE, Rivages, 2017.
ATMORE, ALABAMA, Actes Sud, 2019 ; Babel noir n° 257.

© ACTES SUD, 2024
ISBN 978-2-330-18614-2

ALEXANDRE CIVICO

Dolorès
ou le Ventre des chiens

roman

ACTES SUD

*En mémoire de Marc Dalby
et Michel-Ange Civico,
puissent-ils se trouver à présent
assis à la gauche du diable,
hilares.*

[…] il n'est point d'homme qui ne veuille être despote quand il bande […].

D. A. F. de Sade,
La Philosophie dans le boudoir, 1795.

1

DOLORÈS

Des poings contre la porte. Des poings d'hommes, des poings fermés, des poings si serrés que les jointures devaient en être devenues blanches, que ça devait craquer comme des noix sous des bottes. Des poings de colère. Ça criait. J'entendais à peine ce que ça disait. Le son était ouaté, presque onctueux, pourtant ça criait, pourtant ça hurlait. Puis ça s'est arrêté. Ça a grogné, discuté, frappé à nouveau du plat de la main. Et des pas lourds ont dévalé l'escalier, le bruit s'atténuant à mesure qu'ils s'éloignaient. Un peu de silence, enfin. J'étais assise dans cette mare humide et rouge, collante. Je continuais à caresser doucement sa tête comme une mère qui ne pourrait se détacher de son enfant mort-né. Rien qui vienne me traverser l'esprit. Pas un mot, pas une sensation. Je n'étais que cette main flattant une chevelure éparse. Du temps a passé mais je ne sais pas combien. Et puis c'est revenu. Les mêmes paroles, les mêmes voix qui se diffusaient doucement dans mes tympans mais qui ne parvenaient pas à construire un sens. Une suite de phonèmes que je ne rattachais pas entre eux. Soudain il y a eu un coup assourdissant, énorme, brutal. Suivi d'un deuxième. La porte a volé en éclats. Je n'ai pas levé la tête, j'ai vu leurs chaussures, des brodequins noirs et luisants. Quatre paires qui se sont précipitées dans la pièce. C'est elle, c'est sûr que c'est elle. J'ai entendu un appareil de transmission, ça crachait, il a dit je crois que c'est elle, je crois qu'on l'a. Il s'est adressé à deux des paires de brodequins luisants, vous restez là, vous appelez une ambulance et vous sécurisez. Il a sorti des menottes, m'a demandé de tendre les mains. Je les ai avancées, jointes, comme en prière. Il m'a relevée, a attrapé le manteau qui se trouvait dans l'entrée, l'a posé sur mes épaules. On l'emmène, les gars. J'ai levé les yeux sur un visage carré au regard bleu. Il m'a prise par le bras et m'a fait descendre l'escalier. Son camarade était avec lui. Il n'avait pas besoin de me tenir, lui. Un seul suffisait. Je ne risquais pas de leur échapper. La voiture était garée juste devant la porte de l'immeuble. Avant de sortir, l'homme au visage carré et aux yeux bleus a relevé le manteau et a couvert ma tête de manière à cacher mon visage. Il m'a poussée à l'arrière de la voiture. Le gyrophare tournait, bleu comme les yeux de l'homme au visage carré. La voiture a démarré en trombe. Ils ont appelé le commissariat, on leur a dit ne venez pas, pas tout de suite. Tournez. Visage carré a demandé confirmation. On vous a dit de tourner. On attend un fourgon. Le collègue de visage carré a ralenti. Son air con de flic avait quelque chose de délicieux. Il roulait sans savoir où aller mais hésitait tout de même par moments entre la droite et la gauche. Alors qu'il n'allait nulle part. Qu'il tournait. Il ne s'arrêtait pas aux feux. Il activait la sirène et passait prudemment les carrefours. Nous avons longé le Rhône ou la Saône, je n'en avais que foutre. Un large fleuve en tout cas. J'ai regardé les hauts immeubles haussmanniens. Ils étaient faits de la pierre qui dure, de la pierre qui protège, de la pierre qui étouffe le bruit des rues. Après un temps ça a éructé dans le poste. Allez à l'hôtel de police du 7e. Le chauffeur a fait un demi-tour acrobatique et a appuyé de nouveau sur l'accélérateur. Il avait l'air content de pouvoir faire son rodéo sur les grandes artères de la ville. Quelques minutes plus tard, il s'est arrêté devant un bâtiment administratif, blanc et vitré, s'est garé juste derrière un fourgon dont les portes se sont ouvertes. Visage carré est sorti de la voiture, en a fait le tour, a remis le manteau sur ma tête et m'a transférée d'un véhicule à l'autre. Les portières ont claqué très fort. On m'a assise sur un banc, entre deux flics armés. Un troisième, visage poupin, était en face de moi. Son fusil aurait dû être à bouchon tant il avait l'air jeune. Le fourgon a démarré. J'entendais à nouveau la radio. Sortez de la ville, on vous dira ensuite. Le flic-enfant avait l'air perplexe. La même expression que l'autre quand on lui a dit de "tourner". J'ai aperçu à travers le hublot que nous prenions l'autoroute. J'ai dit on va où ? Le gamin a hésité à me répondre. Le manteau commençait à glisser sur mes épaules, découvrant mon soutien-gorge. Je l'ai remis en place comme je pouvais.

Il a répondu on ne sait pas encore. Visiblement, on cherche un centre pénitentiaire pour vous accueillir.

— C'est légal, ça ? Je n'ai pas droit à ma garde à vue ?

— Vous êtes spéciale, il a répondu, vaguement gêné. On ne peut pas prendre le risque de vous garder dans un commissariat. Et puis, avec les dernières lois antiterroristes…

Au bout d'une demi-heure peut-être, la radio, encore. Un nom que je ne connaissais pas a été prononcé. Le fourgon a accéléré. Bientôt, j'ai entendu des sirènes devant et derrière. On nous escortait.

Le flic-enfant regardait mes cuisses du coin de l'œil, gêné comme un adolescent devant le décolleté un peu trop lâche de la mère de sa copine. J'ai rabattu un pan du manteau dont ils m'avaient recouverte pour le priver de la vue. J'ai imaginé un instant ce qui se tramait sous sa casquette. À portée de main, une chair rose, appétissante, interdite. Il devait bander à regret. J'étais Méduse, ou Circé, ou les sirènes de l'*Odyssée*. Bref, une salope. J'ai passé doucement ma langue sur mes lèvres et j'ai vu son regret devenir douleur. Les menottes marquaient mes poignets. J'avais froid, n'en disais rien. Le fourgon a cahoté une nouvelle fois. Le bruit du moteur grondant comme ronfle un ogre ne masquait pas les sirènes autour. Je ne voyais l'extérieur que par le hublot de la porte arrière, enfermée dans le ventre de métal d'un fourgon pénitentiaire, trois flics armés à mes côtés. Sous mes ongles, le sang avait séché. Il était brun, couleur de terre. La terre et le sang, la même chose.

2

ANTOINE

Dimanche. Rien que ce mot… Une plaie qui suppure lentement. Lutter contre un crâne qui pilonne. Le ventre comme une essoreuse. Et cette plainte qui bouffe la poitrine. Cette tristesse d'égout. Passer la journée entre le lit et le canapé, à avaler divers cachets en attendant le soir et le rendez-vous avec Zélie. Elle m'emmenait écouter de la musique, elle pensait qu'un peu de beauté adoucirait le moment de nos adieux. De bonnes places de concert offertes par ses parents qui ne pouvaient pas s'y rendre, occupés à autre chose qu'ils étaient.

À l'heure dite, je l'ai retrouvée devant le théâtre. Nous avons gravi les puissantes marches de pierre pour pénétrer dans du velours rouge. Trop chaud, les pas qui s'enfoncent dans le tapis épais. On nous a conduits à nos sièges, et cette attitude devant les ouvreuses, cette gêne. Je n'ai jamais su donner un pourboire sans avoir le sentiment de faire l'aumône. Toujours préféré les clochards aux ouvreuses. Le concert s'est étiré sur deux longues heures. L'orchestre interprétait du Satie, du Ravel, une chanteuse déclamait du Mallarmé sous le dévergondage de dorures d'un théâtre italien. Ici ou là, quelques envolées, quelques enthousiasmes ressentis au fond de mes tripes, quelques petites minutes de plaisir. Et puis l'ennui. Zélie avait le regard posé sur la scène. Le spectacle lui appartenait, on jouait exclusivement pour elle. Un détachement blasé, un sourire parfois à l'adresse des musiciens, comme s'ils pouvaient la voir et attendaient son approbation. Lorsque les lumières se sont rallumées, son visage était apaisé, doux.

Nous avons quitté la salle en silence, j'étais abruti par la chaleur, une douleur intermittente avait pris ses aises sous mon crâne. Pulsante. Zélie ne m'a pas proposé de dîner ou de boire un verre. Elle savait que je prenais le train très tôt le lendemain. Elle a doucement déposé un baiser sur mes lèvres. Déjà, la tendresse avait remplacé l'amour, six mois à peine après notre rencontre. J'allais quitter Paris quelque temps, cela l'attristait un peu. Mais je crois qu'elle aimait cette tristesse qui disait l'affection. Je l'ai laissée à l'entrée du métro, prétextant qu'un peu d'air apaiserait sans doute ma migraine. Elle a compris.

— Tu vas aller boire ?
— Je ne sais pas, je vais marcher un peu. On verra.

Il y avait un peu de pitié dans ses yeux.

— Tu devrais aller dormir. Essayer. Pourquoi as-tu si peur de la nuit ?
— Je n'ai pas peur de la nuit, seulement de ce qui s'y cache.

Elle a soupiré puis s'est dirigée vers la station. Je l'ai regardée s'engouffrer dans le métro doucement, torse droit, comme ces artistes qui miment la descente d'un escalier. Elle n'a pas tourné la tête. Une de ses mèches de cheveux s'est envolée, a flotté comme un drapeau, restée en l'air, comme ça, encore visible, alors que Zélie avait disparu. Lorsqu'elle a été définitivement avalée par les marches de béton, j'ai fait les quelques mètres qui me séparaient du bar le plus proche.

J'ai enchaîné les verres, suis descendu aux toilettes, et ce mélange d'odeurs d'urine et de lavande chimique a aussitôt fait monter l'envie d'une trace de cocaïne. J'ai sorti de ma poche ma petite boîte métallique, ronde, incrustée de lapis-lazuli et j'ai rendu un petit hommage silencieux à Proust en préparant une poutre que j'ai reniflée de toutes mes forces. Une libération. Mon cerveau reprenait vie. Je suis remonté au bar le cœur gonflé d'amour. Pas grand monde au comptoir, rien ni personne d'intéressant. Les clients du quartier de l'Opéra méconnaissent les usages du bistrot. Ils s'installent à une table, attendent mollement qu'on les serve, avalés par les énormes banquettes.

Du rhum, du rhum, du rhum, du rhum, quatre verres et autant de lignes, alternés. Quand je suis descendu aux toilettes pour la dernière fois, le barman m'a jeté un regard réprobateur. Il savait exactement ce que je faisais mais n'avait pas envie de s'en mêler. Une fois en bas, j'ai pris mon truc avant de me passer un peu d'eau sur un visage que j'ai regardé longuement dans le miroir. Jusqu'à ne plus voir qu'une triste figure dégouttant d'eau, un type qui ne pouvait pas être moi, qui était autre chose, pas même un double, un étranger. La peur et le plaisir se sont mélangés. Fascination pour cette face lointaine, distante. L'impression de voir une limace léchant l'écorce d'un chêne. Rampant doucement vers un sommet que jamais elle n'atteindra. À nouveau en haut, j'ai repéré une jeune femme au bar. Elle était pleine d'une morgue conférée par des talons hauts et une coupe de cheveux récente. Négligeant toutes les consignes de sécurité et les appels des médias à la prudence, je l'ai scrutée longuement, jusqu'à ce qu'elle s'en aperçoive. Je ne me considérais de toute façon pas comme une victime potentielle.

— Pourquoi me regardez-vous comme ça, on se connaît ?
— J'ai cru vous reconnaître avant de me rendre compte que ça ne pouvait pas être vous.
— Pourquoi ?
— Parce que j'ai compris que vous me rappeliez une très belle actrice américaine qui doit dormir à Hollywood à l'heure qu'il est.

Nous sommes allés chez elle pour baiser. Vers trois heures du matin, je me suis rhabillé et j'ai quitté cet appartement trop vaste au sol trop mou dans lequel elle vivait. Elle ne m'a rien demandé, m'a juste dit de claquer la porte en sortant. Je suis rentré chez moi, j'ai pris une dernière ligne pour être sûr de pouvoir me réveiller deux heures plus tard. Mauvais calcul.

3

DOLORÈS

Le fourgon a ralenti, les sirènes se sont tues. Un crissement électrique, puis le véhicule a redémarré. Au pas. S'est arrêté de nouveau. Le lourd portail de couleur verte s'est refermé. Nous avons continué à avancer lentement. Puis nous avons passé une grille, verte elle aussi. Le fourgon s'est enfin immobilisé. On m'a sommée de descendre. Les entraves m'empêchaient de me lever. Le jeune flic m'a prise par l'aisselle pour m'y aider. Dehors, au moins douze policiers en civil, fusil en bandoulière, attendaient que je fasse mon entrée en scène. *L'ai-je bien descendu ?* La cour de la prison arborait une énorme cible rouge et blanche au sol. Cela ressemblait à une piste d'atterrissage pour hélicoptère. J'avais froid, encore.

— On va directement au vestiaire, on va trouver à vous habiller décemment, m'a dit le jeune flic en replaçant le manteau sur mes épaules. À vous habiller tout court.

J'ai eu envie de lui sourire. Nous avons été rejoints par une surveillante qui a demandé l'ouverture. Tout ce vert. Un zonzonnement, un clic, la surveillante a poussé la porte. Nous avancions dans les couloirs. On se serait cru dans un hôpital. Puis nous sommes arrivés à un comptoir. Une femme en uniforme, visage comme un trait de vinaigre, m'a demandé mes effets personnels. Derrière elle, une enfilade de valises noires aux coins métalliques. D'un coup d'épaule, j'ai fait tomber le manteau à mes pieds.

— Rien. Je n'ai rien. À moins que vous ne vouliez que je vous donne mes sous-vêtements.

Elle n'a pas ri. A esquissé une grimace qui m'a semblé de désapprobation.

— On ne vous a rien donné pendant votre garde à vue ?

— Je n'ai pas fait de garde à vue. J'ai eu un régime de faveur.

— Je vais vous trouver quelque chose.

Elle est revenue quelques minutes plus tard avec un jean, un t-shirt, un pull et des baskets blanches, immaculées. Neuves. Un recoin faisait office de cabine d'essayage. On m'a retiré les menottes et j'ai enfilé les vêtements sous le regard des surveillantes. Trop grands. Je me suis tournée vers l'une des deux femmes, j'ai levé les bras en signe de résignation.

— Vous êtes en prison, pas dans une agence de mannequins. Suivez-nous, nous vous emmenons au quartier arrivants.

Elles m'ont escortée, avec le flic. Zonzonnement, clic, zonzonnement, clic, zonzonnement, clic. Nous avons traversé de nouveaux couloirs et débouché sur un vaste hall. J'ai levé la tête. Des coursives au-dessus.

— On appelle ça *la rue*, m'a expliqué l'une des deux sans la moindre malice.

Zonzonnement, clic, zonzonnement, clic. Quartier arrivants. À l'entrée, d'autres surveillantes m'ont dévisagée. Identiques dans leur pull, pantalon bleu marine, un grade à la poitrine, chaussures militaires noir mat. Oui, c'est bien elle. Oui, c'est bien moi. Lumière électrique douce, panneaux de liège aux murs, j'ai à peine eu le temps de voir le couloir qu'on m'a ouvert la porte de ma cellule.

— Vous êtes ici pour quelques jours. Ne vous habituez pas au confort, c'est l'appartement témoin, m'a lancé une surveillante avant de refermer derrière moi. On viendra vous chercher.

Deux lits. Une douche. La fenêtre était si grillagée qu'on aurait eu des scrupules à la nommer fenêtre. Un téléphone. Mais qui aurais-je bien pu appeler ?

4

ANTOINE

Je n'ai pas vraiment dormi. Me suis agité dans le lit, ressassant des choses que je ne ressassais plus depuis un moment. Avant de me lever, j'ai allumé mon portable. Une notification : un autre pauvre type s'était fait crever la peau au sortir d'un grand restaurant de la capitale. Cadre dirigeant d'une boîte de télécommunications. Une perte pour la France. Ça continuait.

Je me suis extirpé d'entre les draps, me suis vêtu rapidement, me suis à peine débarbouillé, et j'ai attrapé la convocation qui était assortie d'un billet de train pour une petite ville nichée dans les Alpes. Les échanges que j'avais eus avec le juge, le fait même qu'il ait pensé à moi m'avaient considérablement surpris. Je n'avais ma thèse en poche et mon nouveau poste à l'hôpital que depuis quelques mois seulement. J'étais, oui certes, officiellement psychiatre, mais j'avais supposé jusqu'alors que pour des affaires de cette ampleur la justice faisait appel à des confrères d'un autre calibre. Lors du premier coup de téléphone, reçu dans mon bureau, quelques jours après l'arrestation surmédiatisée de Dolorès Leal Mayor, j'avais même émis l'hypothèse qu'ils se soient trompés de personne. Ayant un nom relativement commun, j'envisageais possible qu'un autre Antoine Petit fût psychiatre dans un autre établissement. Mais c'était bien moi qu'on voulait. Le magistrat instructeur avait fait ses recherches. Il avait été séduit par le sujet de ma thèse. Soit. Elle n'avait pourtant pas eu un écho retentissant au sein de l'académie, les facéties des autorités soviétiques n'intéressaient plus grand monde. Encore moins la créativité de leurs psychiatres et les diagnostics fantaisistes inventés dans le seul but d'enfermer les opposants.

J'ai quitté l'appartement et me suis enfoncé dans le petit matin pour prendre le premier métro. 5 h 30, des dizaines d'hommes noirs assis sur les sièges du quai, en rang d'oignons, discutaient. D'autres tentaient de se caler en arrière pour en finir avec leur nuit, mais coulaient du siège jaune en plastique glissant qui les obligeait à se replacer tout le temps. J'ai pensé c'est le Mali qui se lève tôt, et j'ai rigolé tout seul. Quand la rame a déboulé, certains se sont levés. D'autres pas. J'en ai déduit que leur premier bus les amenait trop tôt à la station. Ils ne voulaient pas arriver en avance au travail. Le deuxième bus les aurait amenés trop tard. Pas vraiment un dilemme dans le fond. Je suis monté dans le wagon et je les ai contemplés, ceux qui restaient là, assis, essorant la nuit, reposant leur corps jusqu'à l'ultime minute. La rame était bondée, mon crâne allait exploser. Au bout de deux stations, une femme enceinte, poire juteuse, est montée. Un homme s'est levé précipitamment pour lui céder sa place. Il a jeté un regard autour de lui. L'avait-on vu faire ?

Plus loin, une autre femme s'est engouffrée et s'est mise à hurler. Je vois vos dents. Je vois vos dents et vos yeux rouges. Elle s'arrêtait devant tous les hommes, leur crachant ça au visage, je vois vos dents. Les mecs étaient terrorisés, certains sont descendus précipitamment à la station suivante. Pas un mot n'a été prononcé. La tension s'est un peu estompée quand elle est partie. Tous les hommes ont soupiré. Une folle.

Quand je suis sorti du ventre de Paris, la ville se réveillait déjà, mal embouchée, grognant qu'on la laisse tranquille. Les militaires patrouillaient sur son dos de béton. À pied, fusil à l'épaule, ou dans d'énormes véhicules aux roues crantées comme les créneaux d'une forteresse. Je suis entré dans la gare, ai repéré la voie, m'y suis dirigé à pas lents. La foule faisait la queue à l'entrée du quai, en un immense lombric. Elle accédait au train *via* le goulet d'étranglement des machines vérifiant la validité des billets. J'ai trouvé mon wagon, ma place, m'y suis installé sans ôter ma veste.

Le train a démarré lentement. Depuis la fenêtre, je voyais la ville s'arrêter soudain pour nous laisser passer. Ça tremblait un peu. Au bord des voies, graffitis et tags recouvraient les murs. Comme une poésie intérieure, inaccessible, indéchiffrable. J'ai lu : Regarde les hommes qui tombes. Ignorance de la grammaire ou jeu de mots médiocre ? Frustration légère de ne pas savoir. Dans les haut-parleurs, le chef de bord, tel un capitaine de navire, nous a souhaité la bienvenue, a égrené d'un ton monocorde les divers services offerts par la compagnie et les indispensables mesures de sécurité. Il a conclu par un "surtout, surtout, prenez soin de vous" qui recélait une étrange sincérité.

Échangeurs, wagons de fret, gigantesques machines métalliques à l'usage mystérieux marquaient la fin de la ville, son invisible frontière, et ont bientôt laissé place à une nature mordorée par l'automne. Le paysage s'est enfin mis à défiler rapidement comme on tire un drap recouvrant un meuble ancien.

Trois heures de train. J'ai somnolé. Mes lèvres collaient entre elles, pâte à modeler, une pelote de laine dans la bouche, mes boyaux tentaient d'assimiler tout ce que j'avais ingurgité la veille. Mon haleine aurait pu soûler un Polonais à deux mètres. Mon téléphone vibrait de temps à autre dans ma poche, agaçant criquet m'apportant de petites giclées de réel. On s'assurait que j'étais bien dans le train. On m'assurait qu'on viendrait bien me chercher. Les suggestions intuitives du smartphone me permettaient de répondre sans même ouvrir complètement les yeux. Les roulements du TGV ont été mes seuls mouvements pendant ces quelques heures. La pluie est, un temps, venue griffer les vitres, floutant un paysage auquel je ne trouvais aucun intérêt. L'autocollant-slogan collé à la fenêtre m'invitant à la contemplation de la belle campagne française me le cachait de toute façon. J'avais accepté une mission en sachant qu'elle ne rimait à rien, qu'elle n'allait nulle part. Juste envie, un temps, de changer cette peau qui sans cesse, au même endroit, repousse.

5

DOLORÈS

C'est le bruit des clés qui m'a réveillée. Plus loin, dans le couloir, on a ouvert une porte, et c'est un château écossais qui s'est invité dans un rêve aussitôt avorté. Une nouvelle surveillante est venue me chercher.
    La veille, on m'avait laissée là. En main un paquetage à déballer, brosse à dents, couverture et autres conneries de première nécessité, puis une détenue en t-shirt jaune m'a apporté une nourriture insipide que je n'ai presque pas touchée. Les cris incessants et les coups enragés donnés contre les portes métalliques m'ont tenu éveillée un temps. Des hurlements qui disaient la folie et le désespoir. Je n'avais pas d'empathie, juste l'envie de coller mon poing dans la gueule des hurleuses pour qu'elles me laissent dormir. Puis j'ai sombré d'un coup, comme on tombe d'une falaise.

    Une trappe au milieu de la porte a coulissé, un rectangle de lumière. J'ai entendu la voix de la surveillante, présentez vos mains, nous allons vous menotter. J'ai docilement passé mes mains. Non, retournez-vous. J'ai tourné le dos à la porte, cherché le trou, y ai glissé les poignets sur lesquels elle a refermé les menottes. J'ai entendu le verrou glisser, la clé cliqueter dans la serrure, les gonds grincer légèrement. Suivez-moi, vous allez voir la conseillère de probation. Le couloir était minuscule, la salle presqu'en face de ma cellule. D'autres détenues faisaient le ménage, elles portaient toutes le même t-shirt jaune. La surveillante, visage rond de lune, cheveux frisottants à la couleur incertaine, a croisé mon regard.

— Ce sont des auxiliaires. Si vous vous comportez bien, vous aurez peut-être le privilège d'en faire partie. Elles couvrent diverses fonctions au sein de l'établissement, m'a-t-elle dit en ouvrant la pièce où elle m'accompagnait.

Un bureau, un ordinateur, deux chaises de part et d'autre du bureau. Une jeune femme à la queue de cheval haute était assise, raide, elle ne s'est pas levée pour m'accueillir.

— Je suis votre conseillère de probation. Je suis venue prendre un premier contact, savoir comment vous vous sentez.

— En prison.

— J'entends bien, j'aimerais savoir comment vous encaissez le passage derrière les murs.

— Je vous dirai ça dans quelques jours.

— Souhaitez-vous joindre quelqu'un à l'extérieur ? Voulez-vous que je prenne contact avec votre famille ?

— Non.

Je n'avais même plus ma mère. Elle était morte, avait cessé de baver quelque part dans un mouroir à des centaines de kilomètres d'ici quelques années plus tôt. Elle avait de toute façon fini par oublier complètement qu'elle avait une fille. Un genre de fille.

— Vous êtes en observation, ici au quartier arrivants. Vous serez transférée à la maison d'arrêt du centre pénitentiaire, d'ici quatre ou cinq jours. Nous nous reverrons pour parler et mettre au point votre projet de détention. Si vous souhaitez me contacter, il faudra m'écrire.

Je n'ai pas relevé le terme de "projet de détention". J'ai simplement esquissé un sourire vaguement narquois. Trop fatiguée. De projet, je n'en avais jamais eu. Ça n'allait pas commencer ici, au milieu du peuple des grilles.

6

ANTOINE

Un gendarme m'attendait à la descente du train, portant mon nom inscrit sur une ardoise blanche effaçable. J'avais avec moi un gros sac qui venait cogner contre mon genou à chaque pas. J'avançais, pataud, albatros sur le pont du navire, ridicule dans ma veste de costume que le voyage et les nuits abyssales avaient froissée. Des gouttelettes de transpiration roulaient sur mon front. Le gendarme s'est contenté de me lancer un rapide salut et m'a demandé de le suivre. La voiture était banalement stationnée devant la gare, sur le parking. Un petit garçon est passé devant nous en trottinette, glissant sur l'asphalte. Le gendarme a ouvert le coffre, m'a enjoint d'y entasser mes bagages, a enlevé son képi avant de s'installer derrière le volant. On l'aurait dit seul. Pas un mot pour moi, un léger soupir en dégageant le frein à main. De ce que j'avais vu, nous n'avions probablement pas beaucoup plus d'un quart d'heure à passer ensemble, cela ne méritait sans doute pas qu'il fasse entrer mon existence dans la sienne.

Dès la sortie de la ville, les montagnes ont pris possession de l'horizon. Imposants blocs débonnaires et grisâtres. Sur certains sommets subsistaient quelques lamelles blanches, vestiges d'une neige dont la rareté avait fini par mettre à terre l'économie de la région. Une lumière douce coulait dans mon regard. Le moteur ronronnait. Le képi sur le tableau de bord, rigide, me disait ce que j'étais venu faire ici. Au bout d'une vingtaine de minutes, nous sommes passés devant la petite forteresse, râblée comme un jeune taureau, que constitue le centre pénitentiaire. Le gendarme a senti mon regard.

— Vous serez logé dans le village d'à côté, il n'y a pas de chambres libres dans la prison.

Je n'ai pas saisi si sa remarque était ironique. À tout hasard, j'ai esquissé un sourire qu'il n'a pas vu.

Le village, engoncé dans la vallée comme dans un vêtement trop étroit, débordait légèrement, bourrelet sur le flanc des montagnes. La voiture s'est arrêtée devant une maison aux murs de béton brut. Une demeure sans charme, à l'architecture typique de la région. Tas de bois juste devant, grille marron, jardin de gravier, balançoire sale au milieu, brouette rouillée pleine d'eau de pluie, tout était crasseux et mélancolique, traces de morve sur un visage d'enfant. Le gendarme m'a aidé à sortir mes bagages puis il est reparti sur un bref hochement de tête. De l'autre côté de la grille m'attendait une jeune femme au visage de cuivre, un bambin dans les bras. Je vais vous montrer. Nous avons traversé le jardin, monté une volée de marches, le studio qu'on m'avait réservé était là, au fond, jouissant d'un petit balcon dont la température encore douce pour la saison me permettrait sans doute de profiter m'a-t-elle dit. Je n'ai rien répondu, simplement acquiescé. Je savais d'ores et déjà qu'il n'y avait aucune chance que je m'installe le soir, un verre à la main, pour admirer les montagnes en majesté. Je m'en foutais déjà, de leur splendeur.

Le studio était assez vaste, spartiate et clair. Une table, un lit, un coin cuisine. À peine moins de meubles que chez moi. Et plus de lumière.

— On m'a demandé de vous remplir le réfrigérateur. J'ai fait quelques courses mais si vous avez besoin d'autre chose, n'hésitez pas à me demander.

— Merci. Ça ira pour le moment.

J'ai posé mes sacs et ma valise, me suis affalé sur le lit. Je n'avais que quelques heures devant moi avant de me rendre à la prison. J'ai somnolé. La pâte farineuse qui encombrait ma bouche depuis le matin était toujours là à mon réveil. J'ai fait chauffer la bouilloire, me suis préparé un café soluble, avalé avant de partir. J'ai pris le chemin du pénitencier à pied en début d'après-midi. La route était déserte.

7

DOLORÈS

Après cinq jours à croupir au quartier arrivants, j'ai été transférée à la maison d'arrêt. Menottes à nouveau. Régime spécial m'a dit la surveillante en rigolant à moitié. Une autre surveillante était là pour porter les quelques affaires qu'on m'avait fournies à mon arrivée. La maison d'arrêt était juste au-dessus. Deux ou trois volées d'escalier à monter. Encore un mince couloir. Nous sommes arrivées devant une cellule. À côté de la porte, un improbable interphone. La surveillante a tout d'abord frappé avant de caler le bout de son brodequin contre le bas de la porte et d'enfoncer la clé dans la serrure. Encore ce bruit. Elle a tiré sec et s'est effacée pour me laisser passer.

Assise sur son lit, une jeune femme un peu forte en survêtement, cheveux filasse, a décroché ses yeux de la télé pour les poser sur moi. Des paquets de gâteaux éventrés traînaient à ses pieds. Sur une étagère entre la porte et le lit, une plaque électrique d'un modèle récent, en dessous, quelques poêles et une casserole, et un carton qui semblait servir de garde-manger. Un tressaillement. La cellule était propre.

— On vous amène de la compagnie.

On a posé mes affaires sur le lit libre puis la porte s'est refermée.

— On m'a prévenue que c'était toi qui allais devenir ma nouvelle co. J'ai failli être flattée. Tu es une vraie star, ma grande. Gaffe quand même, ici, les vedettes, si on leur court après ce n'est pas pour les prendre en photo. Ici, il n'y a pas de flash. Mais star ou pas, faudra te plier aux règles. Je t'apprendrai. Elles sont simples, mais il faut les suivre. T'as de quoi cantiner ? La gamelle est dégueulasse, alors j'espère pour toi que tu as ce qu'il faut. En tout cas ne compte pas sur moi pour te nourrir. Mais tu peux bosser un peu.

Elle a débité ça à toute allure, comme si elle avait peur d'oublier ce qu'elle avait à dire. Les mots jouaient des coudes pour quitter sa bouche, une foule dans un mouvement de panique.

— Je n'ai pas encore fait de demande pour l'atelier.

— Je ne te parle pas de ça. Si tu veux, tu pourras travailler un peu pour moi, te faire un peu d'argent facile.

Un genre de discours de bienvenue. J'ai hoché la tête en silence. J'ai dit Dolorès, elle a répondu Marion.

— J'ai du respect pour ce que t'as fait.

— Je ne sais pas ce que j'ai fait…

J'ai regardé par la fenêtre, une demi-bouteille en plastique remplie d'eau était accrochée à la grille par une ficelle.

— C'est pour les oiseaux. Ils viennent boire. Ça fait de la compagnie. Des fois je leur colle un bout de pain. Mais pas souvent, ça crée des bagarres.

Je me suis installée sur le lit. J'ai fermé les yeux. Je ne sais pas ce que j'ai fait.

8

ANTOINE

Un quart d'heure de marche le long de la route pour rejoindre la prison. Les flancs de la montagne ressemblaient à d'immenses faces de lamantins posées côte à côte et dégoulinant jusqu'au pied des masses rocheuses. Dans le ciel, d'énormes nuages gris, des navires de guerre, pesaient sur la vallée, l'étouffant un peu plus. J'ai dépassé un pré où paissaient, paisibles, quelques dizaines de moutons à la fourrure épaisse. Le chien qui les gardait a levé la tête puis a repris son trottinement autour du troupeau, jugeant que je n'étais pas une menace. La route débouchait sur les bâtiments de béton. Le concertina, fils barbelés agrémentés de lames de rasoir par le vice d'un esprit malade, entourait les hauts murs.

Un gigantesque portail vert, une porte, plus petite, juste à côté, un poste de garde. J'ai montré ma carte d'identité à une surveillante que le reflet sur la glace m'empêchait de distinguer. Elle a cherché mon nom dans sa liste, l'a trouvé, m'a ouvert. Une autre surveillante m'attendait de l'autre côté. Elle m'a salué, m'a demandé d'éteindre mon portable et de le déposer au poste de garde, aucun téléphone n'était autorisé à l'intérieur. On m'a fourni un badge et un objet ressemblant vaguement à un talkie-walkie. Une API, elle a dit.

— Une alarme portative individuelle. Vous l'allumez, la mettez à votre ceinture et en cas de problème vous appuyez sur le bouton rouge, quelqu'un arrivera très rapidement. Vous recevez aussi les communications entre surveillantes, ça vous permet de savoir quand il y a un incident.

J'ai passé le détecteur de métaux une première fois. Retiré ma ceinture, mes chaussures. Le deuxième essai a été le bon. La surveillante m'a conduit à travers les couloirs douchés de néons. Nous avons débouché sur un vaste hall, sans doute le point nodal de la prison. Elle m'a montré l'escalier, à gauche, c'est par là. Une coursive menait jusqu'à l'unité sanitaire. Ça résonnait. Le léger vrombissement des grilles s'ouvrant les unes après les autres me donnait l'impression de traverser une nuée d'insectes.

Dans un bureau, la psychiatre m'attendait assise à sa table. Des plaques d'eczéma dessinaient des continents sur son visage. Elle m'a serré la main froidement. M'a invité à m'asseoir. Il n'y a pas eu de round d'observation. Elle m'a tout de suite lancé sa rage au visage.

— Je ne sais pas ce que vous foutez là. Je ne comprends pas pourquoi on nous envoie un psychiatre parisien sans expérience avec les détenus.

— J'ai un ordre de mission signé du juge d'instruction.

— Ça ne répond pas à ma question.

— Non, je dois bien l'admettre.

— On pense que je ne suis pas capable de faire ce travail ? Trop gros pour moi ?

— Je viens faire une expertise en vue du procès. Pas pour la prendre en charge. Ça, ça reste votre travail. Je ne peux pas vous en dire plus. Je m'installe où ? Elle ne devrait plus tarder maintenant, non ?

— Vous êtes expert, vous ? elle a ironisé, sa voix comme une aiguille.

— Il faut croire. Je ne sais pas de quoi, si ça peut vous rassurer.

— Une expertise psychiatrique pour la justice, c'est une séance, pas une batterie de rendez-vous s'étalant sur plusieurs semaines. Ce n'est pas normal. Donc vous la prenez en charge et vous me piquez mon travail.

— Je fais ce qu'on me demande, j'ai répondu en haussant légèrement les épaules.

La consœur s'est levée, m'a dit vous pouvez rester ici, c'est mon bureau. Puis elle est partie d'un pas sec. Ses talons cliquetaient, soulignant son exaspération pincée.

9

DOLORÈS

On est venu me chercher en cellule pour me conduire à l'infirmerie. Ils appellent ça l'unité sanitaire. J'étais installée depuis quelques jours seulement. Les interrogatoires s'étaient enchaînés dans une des salles du parloir et on m'avait prévenue que j'allais avoir droit à une expertise psychiatrique. J'ai fait le chemin toujours menottée. Nous avons passé les nombreuses grilles. Chaque fois, un crachotement du talkie-walkie. La surveillante demandait ouvrez-moi la 136, la 137, la 224. Puis nous nous sommes arrêtées entre deux portes. La surveillante est restée avec moi dans ce sas où l'on m'a sommée d'attendre. Un autre uniforme bleu marine a vérifié que j'étais bien au registre. Ça s'est ouvert. Nous sommes entrées et on m'a traînée à travers le couloir jusqu'à une salle qui ressemblait à un bureau des impôts. La banalité du lieu frisait l'extravagance. Un autre type de prison.

Un homme m'attendait, assis à sa table, yeux rivés sur son ordinateur, un carnet de notes posé à côté du clavier. Il s'est levé, a demandé à ce qu'on me retire les menottes. La surveillante a hésité un instant puis s'est exécutée. L'homme m'a invitée à m'asseoir. Antoine Petit, psychiatre, il s'est présenté. Je n'ai pas vraiment réagi, l'information n'ayant que très peu d'importance. Il m'a expliqué qu'il était là pour me tirer le portrait, faire mon profil psychologique pour apporter des éléments à l'instruction. Il avait besoin de me connaître, il a ajouté, chercher ce qui avait motivé mes actes. Nous allons nous revoir souvent, il a dit, avec une fausse bienveillance, masquant assez mal son air blasé. Il était agaçant comme une mouche se posant sur le coin de la bouche. Nous avons échangé des banalités sur mon état civil, sur ce qu'on me reprochait, sur le fait qu'il s'agissait d'une expertise psychiatrique au long cours, une procédure inhabituelle. Mais la situation est exceptionnelle, il a précisé, avec l'air de me demander mon approbation.

Son faciès m'intéressait. Il était tellement symétrique qu'on aurait cru qu'il avait avalé son propre jumeau. Une fossette au menton venait séparer les deux parties de son visage comme pour en accentuer l'extraordinaire énantiomorphie.

— Vous avez un visage plus lisse qu'une patinoire, j'ai dit.

— Certains appellent ça beau. Vous aussi on vous trouve belle, sans doute.

— Je ne suis pas belle, j'ai cette petite vulgarité qui titille la prostate des hommes comme vous. Ce qu'on appelle beau c'est la symétrie imposée par le goût bourgeois. Ce qu'on appelle beau, c'est ce qui paraît propre, simple. En tout cas, vous avez un nom trop médiocre pour posséder un tel visage.

— Tout le monde ne peut pas porter un nom aussi altier que le vôtre.

— Moi, je ne suis pas paradoxale.

— Ni modeste.
— L'humilité ne sert que les puissants. Et puis, pourquoi être modeste quand on a éliminé huit hommes ?
— Sept.
— Si vous le dites.
— Je me trompe ?
— J'ai eu droit à un nouvel interrogatoire, hier. Ils font ça en visioconférence maintenant, c'est formidable. Il paraît qu'on ne peut pas me sortir d'ici pour des raisons de sécurité. Alors ils font du télétravail. Et donc, depuis quelques heures, ils savent pour le huitième. Vous leur demanderez.

10

ANTOINE

Quand elle est entrée dans la pièce, elle a tout aspiré. Je n'étais pas là, je ne l'intéressais pas. Rien n'existait. Elle était comme seule, debout au milieu d'un bureau médiocre. Elle ressemblait à une flamme, à un feu de forêt. On m'avait raconté qu'elle était presque nue lors de son arrestation, qu'elle était arrivée au centre pénitentiaire en sous-vêtements. Ses cheveux étaient très courts et teints dans un blond platine que des racines noires semblaient vouloir chasser comme un corps étranger. Après lui avoir expliqué rapidement ce pour quoi elle était là, je lui ai demandé de retracer son parcours. Je m'attendais à une réticence qui n'est pas venue. Elle me prenait de haut, logée dans un nuage d'orage. Mais elle parlait. Elle a évoqué un huitième meurtre. Pour moi, ça relevait du détail. Je n'étais pas missionné pour la faire avouer, les flics s'occuperaient de ça très bien.

— Pour les gens comme vous, ça commence toujours par le père, non ? Vous allez être déçu, je n'en ai pas eu.

— Je sais, c'est dans votre dossier. Cependant, vous avez eu une figure paternelle particulièrement puissante.

— Si par puissante vous entendez tyrannique, alors oui. Mon grand-père.

— Un tyran ?

— Les soi-disant héros comme lui ne peuvent pas être autre chose. Mes grands-parents sont arrivés d'Espagne au milieu des années 1970. Ça aussi vous devez le savoir. Et vous savez également pourquoi.

— J'aimerais que vous me présentiez l'histoire. Un dossier, ça n'a pas de sentiment, pas de point de vue, ça ne s'interprète pas. Un dossier ce sont des mots qui dansent sans aucune chair autour. J'ai besoin de votre version de l'histoire.

— S'il n'y a que ça pour vous faire plaisir…

Elle n'a pas eu la délicatesse de retenir son soupir avant de continuer.

— Vous connaissez aussi les circonstances de leur arrivée, non ? Mon grand-père, en 1975, a assassiné Tomàs Varela, le chef de la police de Bilbao. Un attentat parmi quelques autres commandités par l'ETA pour déstabiliser le régime, alors que Franco était en train de crever de sa sale mort de pourriture. Et la fuite en France immédiatement après l'attentat.

— Oui, le grand-père héros anti-franquiste, c'est dans votre dossier aussi.

— Ce que ne dit pas le dossier, c'est que les héros sont des ordures comme les autres. Un peu plus intouchables, c'est tout. Moi je suis née ici, dans cette drôle de famille, sous la coupe du grand-père. Ma mère m'a eue à seize ans et je n'ai pas eu de père. Lorsque j'avais deux ou trois ans, j'ai eu une petite sœur qui n'a pas survécu longtemps. Elle n'était "pas normale", c'est tout ce qu'on m'a dit. Je n'ai pas vraiment de souvenir de ça, juste de vagues sensations, comme un rêve. On n'en parlait pas à la maison.

— Mais votre père biologique ? Jamais un mot ? Votre mère ne vous en a rien dit ?

— Pas vraiment. Elle évoquait un jeune bourgeois qui se serait débarrassé d'elle en apprenant sa grossesse.

— Et la petite sœur ?

— Je n'en sais rien. On ne posait pas ce genre de question. Ma mère est morte quelques années avant mon grand-père. Elle a été frappée par un alzheimer précoce. Elle a disparu lentement, devenue un trou de mémoire constant, un donut, restait un peu de pâte sur les bords mais le centre était creux. De toute façon, elle a toujours été petite, modeste, insignifiante comme une boîte à chaussures. Une boîte dans laquelle se déchaînaient sûrement des vents contraires et des ouragans, des choses qui lui ont grignoté doucement la mémoire. Mais une boîte à chaussures tout de même, qui prend la poussière dans un coin, dans laquelle on ne sait plus ce qu'on a rangé. Et dont on se fout totalement.

— Elle vous manque ?

— Comment le vide pourrait-il me manquer ?

Elle a quitté la pièce accompagnée d'une surveillante qui l'a entravée de nouveau. Les menottes qu'elle portait aux poignets étaient deux bracelets d'or et d'émeraude, elle s'est retournée un instant. Ses paupières légèrement alourdies par l'âge donnaient à son regard une mélancolie de soleil couchant. Je l'ai regardée partir, droite, sa coupe de cheveux dévoilant une nuque fine et fière. J'ai saisi mon carnet sur lequel je n'avais rien noté ou presque. Le jour, un nom, Dolorès Leal Mayor, rien d'autre, pas même sa date de naissance. Je suis allé voir une infirmière, lui ai demandé de m'appeler une surveillante pour me raccompagner à l'entrée. Elle m'a conduit jusqu'à la cour. L'air de novembre était doux et la lumière caressait encore la montagne. J'allais retourner au studio, n'avais rien de prévu pour la soirée. J'ai pensé à appeler Zélie puis me suis ravisé.

11

ANTOINE

J'ai quitté la prison comme on quitte une prison. Seul, dans le froid. J'ai fait le chemin de retour à pied. Toujours le même désintérêt du chien et des moutons. Je l'avais repéré sur une carte virtuelle avant de venir, le village d'un millier d'âmes possédait un bistrot. Je n'ai eu aucun mal à le trouver, arrimé au bord de la nationale qui traversait le bled. J'y suis entré. J'ai fait un signe de tête au vieil homme qui se trouvait seul au comptoir, longue chevelure blanche tombant sur une abondante barbe jaunie par le tabac, son chien noir, genre de caniche géant, couché à ses pieds. Il m'a rendu mon salut silencieux avant de fourrer son paquet de cigarettes dans sa poche, siffler son chien et quitter le bar en me saluant à nouveau sans un mot. J'ai noté au passage la curieuse démarche du clébard avant de m'apercevoir qu'il n'avait que trois pattes. Une serveuse essuyant des verres pour se donner des allures de chanson réaliste se trouvait derrière le comptoir. Elle portait un débardeur noir et une fresque lui mangeait la poitrine. Des nénuphars d'une clavicule à l'autre, jusqu'à la naissance des seins.

— Chloé ?

— Non. Je ressemble à quelqu'un que vous connaissez ?

— Oui, à une fille, dans un livre.

Ses lèvres se sont retroussées en un étrange rictus. À moi d'interpréter ça comme je le voulais, sourire gêné, moue dubitative, condescendance. Va savoir.

J'ai considéré, derrière Chloé, les alcools dont disposait le rade. Whiskies et rhums de grandes surfaces, apéritifs anisés épais comme une langue de bœuf. Je me suis rabattu sur un vin blanc de la région. Il n'était pas 18 heures, trop tôt de toute façon pour attaquer une pente alcoolisée à 40 degrés. La radio graillonnait en sourdine une musique pop quelconque. J'ai bu mon verre de blanc d'un trait, en ai commandé un autre. J'en ai profité pour me rendre aux toilettes. J'ai résisté à l'envie de prendre une trace, malgré le vin et les odeurs. Au bout d'une trentaine de minutes, la serveuse aux nénuphars m'a fait savoir qu'elle allait fermer. J'ai pris un dernier verre, lui ai laissé un gros pourboire, lui ai dit à bientôt Chloé, et je l'ai vue sourire. Quand je suis sorti, la lune était si fine qu'elle ressemblait à une entaille dans la fin du jour. Dans l'obscurité, le tintement des cloches des vaches paissant toujours dans le pré d'à côté faisait le bruit d'un millier d'églises miniatures.

Une fois dans le studio, j'ai allumé l'ordinateur, j'ai créé un dossier DOLORÈS pour y classer mes notes à venir. Je n'avais rien à écrire pour l'heure. Ma mission était tout à fait claire. On n'avait pas laissé de doutes sur ce en quoi elle consistait. J'aurais très bien pu m'épargner le voyage, les séances, les longues heures d'ennui entre les séances, et écrire des rapports depuis mon bureau parisien. Les récentes lois rognant sur l'indépendance de la justice, la rendant plus opaque et totalement assujettie à l'exécutif, auraient permis ça, sans le moindre problème. Visiblement, cependant, comme pour le vote, le Parlement, le reste, on tenait à garder le vernis. Une fine, très fine couche de glace démocratique prête à se briser à tout moment recouvrait un océan d'autorité. J'étais le vernis.

12

DOLORÈS

Marion était étendue, console de jeux portable en main. Absorbée par je ne sais quelle quête. Elle ne parlait pas beaucoup. Elle ne m'a posé aucune question, n'a demandé aucun détail sur mon affaire, ma cavale. Elle s'en foutait. On dit qu'en prison, seuls deux jours comptent, celui de l'entrée, celui de la sortie. Ce qui se passait entre les deux semblait ne pas devoir affecter Marion. Elle vivait dans un purgatoire où il y avait la télé. Je me suis assise sur le lit. Elle n'a pas décroché les yeux de sa console. Je me suis allongée, j'ai baissé le rideau avant de refaire le film.

J'avais perdu mon travail pendant la grande épidémie. Je m'en fichais royalement, c'était un travail de merde, avec un patron de merde dans une entreprise de merde qui ne fabriquait rien d'autre que des chiffres. Les nouvelles restrictions contre les chômeurs ne me permettaient pas d'attendre de trouver autre chose, de prendre le temps pour dénicher un job à peu près décent. À près de quarante-cinq ans, j'ai dû, comme c'était désormais la règle, prendre le premier boulot que m'avait proposé l'une des agences d'intérim qui sous-traitaient pour l'État et qui, de mon CV, avait surtout retenu que j'avais un beau cul.

Hôtesse dans les grands salons professionnels. Sourire, tour de taille, tour de poitrine compensaient des jambes un peu courtes et des cuisses trop puissantes. Dire bonjour sur le stand, apporter du café, des coupes de champagne, demander de patienter, le poids de mes responsabilités aurait été aisément supporté par l'aile déployée d'un moineau. Seule compensation, la bêtise et la fatuité m'amusaient. Les hommes tournant autour d'un bolide au moteur V8, rentrant leur bedaine pour tenir entre le siège et le volant. Ils étaient presque touchants de ridicule. Et puis, ils me regardaient, moi aussi, avec envie. C'est là, comme ça, quelques semaines après la mort du vieux que les choses ont commencé. Dans une foire aux carrosses rutilants. L'un d'entre eux m'a abordée. Le fait même qu'il puisse envisager l'achat d'un des modèles en exposition suffisait selon lui à le rendre séduisant. J'ai ri à ses avances. Il a continué à avancer. Par jeu, j'ai accepté le dîner qu'il m'a proposé dans l'arrière-salle d'un restaurant parisien. Il était PDG d'une très grosse entreprise et possédait ce visage rond et luisant des jouisseurs chez qui le ventre est l'écrin de l'âme. Son argent achetait tout. Il le savait, il aimait ça. Il concevait le monde comme un bordel à ciel ouvert. Dans ses yeux, les humains, les objets, les sentiments étaient des putes aux tarifs divers. J'étais une pute à prix raisonnable. Un repas suffirait.

Il m'a emmenée dans un restaurant faussement chic, pas par radinerie, simplement parce que je ne valais pas plus, parce qu'une fille comme moi n'aurait pas su apprécier le vrai luxe. Il a dû penser que je serais plus à l'aise dans un environnement vulgaire. Vulgaires les assiettes enfroufroutées de volutes inutiles et sans goût, vulgaire l'ostentation avec laquelle il a choisi le vin, vulgaires les serveurs qui se permettaient une familiarité à peine correcte. Il a parlé de lui toute la soirée, de son travail, de ses déplacements. C'est du nombril qu'il parlait, de l'orifice de son gros ventre satisfait et engloutisseur de bouffe, engloutisseur de la transpiration des hommes et des femmes qu'il faisait travailler pour avoir le privilège d'arborer une pute comme moi dans un restaurant sans étoiles.

Le dîner a été gentiment médiocre à tous points de vue. Conversation, nourriture, vin, décor. Si j'avais été plus jeune, peut-être se serait-il donné plus de mal. La suite lui apparaissait comme une évidence. Il allait me baiser, puisqu'il avait payé.

Je l'ai suivi dans la chambre de son palace. Hôtel monumental dorures et bois sombre, marbre et chandeliers en cristal surplombant la tête de clients fortunés. Il est monté le premier. J'ai suivi quelques minutes plus tard sous le regard goguenard d'employés en livrée habitués à voir circuler les prostituées ou les coups d'un soir. J'ai pris l'ascenseur, défilé dans le couloir à l'épaisse moquette grise avant de toquer à la porte de sa chambre. Il avait eu le temps de se mettre à l'aise. Il m'a priée d'entrer en me disant qu'il faisait couler un bain. Que, sans doute, j'avais envie de l'y accompagner, avec un petit rire égrillard. Je l'ai suivi, il a fait tomber son peignoir. Ses grosses fesses flapies ressemblaient aux larges bajoues d'un basset. Il s'est glissé dans l'immense baignoire et s'est mis à doucement se caresser, son regard vrillant, m'invitant. J'ai longuement contemplé mon visage dans la glace. Mon maquillage n'avait pas bougé. J'ai fait un pas en arrière, redressé mon buste. J'étais belle. Un sèche-cheveux était accroché au côté du lavabo. On aurait cru un ancien téléphone avec ce fil extensible caractéristique. Je l'ai décroché, l'ai allumé, l'ai jeté dans la baignoire.

Je suis sortie de l'hôtel rapidement, sans être vue. On signalerait qu'une escort était montée. On ne saurait dire ni à quel étage ni pour rejoindre quelle chambre. Je suis rentrée chez moi. J'avais besoin de me laver de ce regard qui avait dégouliné sur mon corps jusqu'à le souiller, de la vue de ces fesses fripées et de ce ventre plissé. De ce corps qui refusait son évidente défaite. J'ai frotté ma peau pourtant intouchée au gant de crin, fermé les yeux et laissé l'eau chaude apaiser ce dégoût et cette étrange sensation que provoquait l'absence de remords. Quand je suis sortie de la douche, un grand calme est venu réchauffer mon ventre. J'ai dormi.

Le lendemain, au réveil, j'ai réfléchi un temps avant de me rendre à l'évidence, je n'avais pas tellement d'options. J'avais rencontré mon gros plein de fric au dernier jour du salon. Il se passerait sans doute une petite semaine avant que l'agence d'intérim ne me rappelle pour une nouvelle mission. Fallait-il attendre et espérer que son décès passe pour un accident ? Ou fuir tout de suite révélant immédiatement ma culpabilité ? Quelques jours plus tard, à peine dix lignes à la page Faits divers du *Parisien* relataient la mort du type. Un gros plein de fric mineur. Accident étrange disait l'article. Mais accident malgré tout. J'ai décidé d'attendre quelque temps, terrée chez moi. Et puis l'agence m'a proposé un autre job, une autre foire, une autre jupe, aussi courte que la précédente. J'ai pris la mission, j'ai enfoncé un sourire dans ma bouche et suis allée accueillir d'autres mecs du même genre dans un nouveau salon professionnel. Très vite, je n'ai plus pensé à tout ça, pas été hantée par quoi que ce soit. Le porc méritait d'être grillé. Parce qu'il était un porc, parce qu'il était un poids dégueulasse, écrasant un monde qu'il regardait comme un amas de cafards.

Un frottement à la fenêtre m'a fait sursauter.

— Ce n'est rien, juste un yoyo, ne t'en occupe pas, m'a dit Marion.

J'ai jeté un œil au travers des barreaux, une bouteille plastique lestée d'eau, accrochée à un fil, passait devant les barreaux à rythme régulier. Y était accroché quelque chose, que je n'arrivais pas à voir précisément.

— Elles se passent des bafouilles ou du shit comme ça, de cellule à cellule. Il suffit de tendre un bâton, la ficelle s'y enroule et tu récupères ce qu'on t'envoie. Viens, c'est l'heure de la promenade.

13

ANTOINE

Peu avant mon départ de Paris pour le centre pénitentiaire, le juge m'avait donné rendez-vous dans un café, non loin du palais de justice. L'épidémie meurtrière continuait de plus belle. Trois dans les quinze derniers jours qui s'ajoutaient aux dix précédents. Sans compter les sept meurtres imputés à Dolorès. Rien que des adeptes. La plupart avaient été arrêtées, elles aussi, mais ça sortait de partout, comme les vers d'un cadavre. Chaque fois la même chose, le même système. Un mec plein aux as, une femme, un mort. L'arrestation de Dolorès Leal Mayor n'avait rien calmé. Au contraire. Le mouvement semblait s'accélérer. Comme s'il fallait tout cramer. Et vite.

J'attendais le juge, assis à une table près de la vitre, un café tiède sous le nez. Dire que j'avais rendez-vous n'était pas le terme exact, j'avais été convoqué. Dans la rue, sur le mur d'en face, un slogan, écrit sur des feuilles A4 placardées les unes à côté des autres. SI ON LEUR COUPE LES COUILLES, LE PATRIARCAT NE REPOUSSERA PAS #DOLORÈS. Ce genre de messages à la gloire de Leal Mayor pullulait dans la ville depuis son arrestation. La maire avait mis en place une brigade spéciale pour faire la traque aux colleuses et mobilisé quantité d'employés municipaux pour faire disparaître leurs œuvres tous les matins. Celui-ci était passé au travers, mais il ne serait plus là dans quelques heures.

J'ai poireauté une dizaine de minutes en me demandant ce que j'allais bien pouvoir raconter au magistrat quand il s'est pointé, long et fin, ficelle de boucher. Il s'est assis face à moi sans prendre la peine de me saluer ou de sourire. Juste un geste au garçon pour commander un café. À peine la tasse posée devant lui, il m'a demandé si je savais comment j'allais procéder. J'ai dit non, je ne sais pas. Elle n'est peut-être pas folle.

— On est fou quand on tue sept hommes après avoir couché avec eux.
— Elle n'a pas couché avec tous. Et peut-être oui, si vous le dites, c'est qu'elle est folle. Après tout, c'est vous le juge, je ne suis que le psychiatre, j'ai lancé avec une ironie que le couloir mental dans lequel il se trouvait ne lui a pas permis de saisir.
— Monsieur Petit, c'est un climat de terreur qui est en train de s'installer. Cette chose qui se répand doit s'arrêter. Ces cons de journalistes n'ont pas idée de la boîte à merde qu'ils ont ouverte quand ils ont commencé à en parler comme d'une putain de révolutionnaire. Ils ont fabriqué une icône et maintenant regardez le résultat. Il faut qu'elle soit folle. Il le faut. Alors vous allez écrire un rapport psychiatrique qui va nous éviter le procès. Elle ne doit pas être jugée responsable. Votre thèse de doctorat, sur la schizophrénie, je ne sais plus quoi, chez les Soviétiques…

— La schizophrénie torpide, ou latente.
— Oui, eh bien, servez-vous-en. C'est pour cette raison, et pour cette raison seule, que je vous ai embauché. Sinon, j'aurais pris quelqu'un de compétent.
— Et avec les autres, il se passera quoi ? La même chose ? Pas responsables, toutes ces femmes ?

Pour seule réponse, un geste évasif de la main qui pouvait vouloir dire n'importe quoi. Puis il s'est lancé dans ce qui l'amenait vraiment.

— Petit, je ne vous demande pas votre avis. Vous allez faire ce qu'on vous demande. Obéir. Vous êtes alcoolique, cocaïnomane, votre carrière commence à peine et je peux déjà la briser. Vous allez me rendre un putain de rapport psychiatrique m'expliquant très précisément et de manière très convaincante que cette femme est atteinte d'une maladie mentale.

— Je n'ai pas dit que je n'allais pas faire ce que vous me demandiez. J'ai juste dit qu'elle n'était peut-être pas folle. Je vais l'écrire ce rapport, bien sûr. Et si cela vous arrange, vous pourrez l'utiliser avec les autres, éviter tous les procès que vous voulez, je m'en fous. Et je me fous de ce que vous avez sur moi. Il n'y a rien de secret là-dedans. Certains amis me surnomment Dyson. C'est une marque d'aspirateurs très puissants.

Le juge a pris un temps avant de répondre.

— Ça ne me surprend pas, ce qui me surprend, c'est que vous ayez des amis.

J'ai ricané.

— J'ai les plus belles amitiés qui soient, éternelles et fugaces. Elles ne durent qu'une nuit mais elles sont si fortes, si généreuses qu'elles font pâlir l'obscurité qui les enveloppe. La nuit en est si jalouse qu'elle laisse filtrer le point du jour dans le seul but de les faire disparaître. Vous ne connaissez rien à l'amitié. Cette franchise de brique. Avez-vous entendu le bruit que rendent deux briques qui se rencontrent ? Ce son clair qui évoque la terre et sa lente cuisson, la matière et sa transformation ?

— Poète ?

— Je laisse ça aux professionnels et aux imbéciles.

— Ce ne sont pas les mêmes ?

— Pas toujours.

J'ai eu envie de sortir ma boîte, et de la tapoter doucement sur le formica marron et strié de la table du café. J'ai eu envie de faire neiger sur cette table, par pure provocation. Mais à quoi bon donner au juge cette satisfaction ?

— Si je m'exécute comme un brave toutou, vous me foutez la paix ? Alors nous sommes d'accord. Inutile de prolonger ce pénible entretien.

L'incrédulité du juge a laissé place à une légère grimace que j'ai supposée de dégoût. Il s'est levé. Dans une mauvaise série télévisée, il m'aurait lancé j'attends votre rapport, mais sa bouche est restée close. Ses épaules étaient légèrement plus voûtées qu'à son arrivée.

14

DOLORÈS

J'ai repris les salons professionnels, tranquillement, talons hauts et maquillage excessif. Ça fait vendre, même des machines agricoles. La bite et le portefeuille ont un lien secret, intime, une connexion sourde. Le calme qui avait suivi le premier meurtre n'a pas duré. Une colère s'est peu à peu emparée de mon ventre. Ma peau charriait un feu permanent. Une démangeaison, une lèpre que j'avais envie de gratter jusqu'au sang. La mort du premier avait ouvert une soif que je ne connaissais pas. Que je ne comprenais pas.

Rencontrer des gros pleins de fric n'a rien de difficile lorsqu'on est une femme. Aller dans des boîtes de nuit fréquentées par des ploucs à Rolex, se faire offrir un verre, leur laisser le temps du baratin, de dérouler leur minable vie de suceur d'aspirations d'autrui, faire défiler leurs petits pouvoirs si laids. Élite parce que fortunés. Leurs yeux étaient aussi avides que leurs bouches. Ils ne s'étaient même pas donné la peine d'apprendre des choses à l'école. Ils se contentaient de confisquer la culture des autres. Ils analysaient, décortiquaient les séries télé, les films à grand spectacle, les bandes dessinées, ils confisquaient. Les plus incultes d'entre eux, ceux qui n'avaient même pas eu la décence de se pencher sur les livres dont ils avaient hérité, recréaient la distinction dans leur médiocrité. Ils réussissaient le tour de force d'en faire une fierté, de s'en gargariser et de conserver le pouvoir symbolique. Leurs conversations portaient l'ennui des déserts et une petitesse d'insectes.

J'en ai tué un autre, puis un autre. Chaque fois, la même nausée, la même jouissance, la même peine, la même rage, la même folie, la même tendresse. Chaque fois la même. Ça s'était insinué comme un plaisir coupable. Une petite manie qui ne perdait pas de son attrait. Dont les effets ne s'émoussaient pas à chaque prise. Non, c'était beau et triste et grand et fragile et c'était à moi. Ça avait un goût ancien venu de l'enfance. C'était simple.

Je n'ai pas perdu de temps à me demander pourquoi, pas essayé de chercher en moi, d'y fouiller. Trop d'hommes l'avaient déjà fait, trop d'hommes en moi. Dans mon cul et dans mon âme, dans mes tripes et dans mes fibres. Trop d'hommes. Trop de fric. Trop de tristesse et d'écrasement. Trop. Un débordement, le reflux d'un cloaque.

Je n'étais pas prudente. Je me cachais à peine. Je tournais dans Paris, un carrousel dément, lumières tamisées, stroboscope, bourbon, taxi, braguette ouverte, ventre flasque, et éclair fugace dans un regard qui s'éteint doucement. Une ivresse.

Au quatrième, la rumeur a commencé à enfler. Un profil de victimes similaire, un *modus operandi*, une possible revendication. C'est monté comme un soufflé. Les premiers articles se sont mis à éclore, fleurs écarlates dans les journaux à sensation. Ils ont noté les gros pleins de fric, ils ont noté une femme, ils ont fait des liens. C'est bien les liens, ça raconte une histoire, ils ont toujours besoin d'une histoire, de quelque chose de linéaire, un point A qui mène inexorablement à un point B. Comme des enfants. Un début, un milieu et une fin. Ça rassure. J'étais un genre de terroriste qui punissait les riches en leur vidant les tripes après leur avoir vidé les couilles. Ils parlaient de moi comme s'ils me connaissaient.

Un soir, ça a failli mal tourner. Dans un club du 8e arrondissement où des femmes africaines que les hommes qualifient de sculpturales me faisaient concurrence. La musique était trop forte, la cocaïne éparpillée sur les tables basses, les types en costumes sur mesure, putes sur les genoux. Je venais de payer moi-même mon deuxième whisky. J'étais déjà ivre. Ça ne prenait pas, contrairement aux autres fois. Une fureur est montée en moi comme un acide. Je me suis approchée d'une table. Un divan, un homme, deux femmes. Le ratio habituel dans ce genre d'endroit. J'ai vu les yeux du type s'arrondir quand je lui ai mis la main entre les jambes. J'ai agrippé très fort. J'ai serré. Il n'a pas crié, simplement émis un petit bruit étouffé et comique. J'avais la mâchoire crispée, le regard fou, sans doute. Je me suis reprise. Je l'ai relâché. Il s'est levé d'un bond. Il y avait de la terreur dans le pli de sa bouche, dans ses sourcils froncés, dans son nez retroussé. J'ai eu l'impression qu'il avait compris. Que la peur sur son visage était celle d'une future victime. Je n'ai pas cherché à m'en assurer, j'ai fui. Une fois dehors j'ai marché très vite, hélé un taxi. Raconté qu'un type me suivait, qu'il fallait partir rapidement. Le taxi m'a déposée place de Clichy, je suis rentrée à pied.

Quand le premier meurtre que je n'ai pas commis est apparu, ça m'a fait tout drôle. On me l'a foutu sur le dos immédiatement. Puis il y en a eu deux autres, dans deux villes différentes. Alors il a fallu se rendre à l'évidence. Ce n'était plus seulement moi. On a commencé à parler d'une épidémie dont j'étais le patient zéro. Tout ça ne me concernait pas, pourtant.

Mais c'est la vidéo que la presse a trouvée qui a tout fait partir en vrille. Un que j'avais troué derrière un casino. Les caméras de surveillance avaient tout filmé. On ne distinguait pas nos traits dans l'obscurité. Les images se sont répandues à une vitesse inouïe. Et la contagion s'est aggravée. Un peu partout dans le pays. C'est devenu le seul sujet.

À partir de là, ça ne pouvait plus continuer. En tout cas pas si simplement. Je me suis terrée un temps, n'ai pas répondu aux coups de fil répétés de l'agence d'intérim. J'ai fini par louer un camion et mettre mes quelques affaires dans un entrepôt en grande banlieue avant de rendre les clés de l'appartement. Le loyer était payé, le préavis se ferait sans moi. Les propriétaires n'ont sans doute pas attendu avant de relouer leur douze mètres carrés façon loft. J'ai pris une chambre d'hôtel au cœur de Paris, pour réfléchir.

J'avais dans mon carnet d'adresses quelques numéros de téléphone quasiment jamais composés. Des compagnons de lutte du vieux, des qui, comme lui, avaient quitté le pays, gagnés par la fatigue et la peur. Des dont les mains avaient fini par trembler, dont les doigts n'étaient plus capables d'appuyer sur une queue de détente ou un détonateur, des qui avaient fui, abandonnant le combat. J'ai tourné les pages. Les noms, notés au crayon à papier, étaient pour la plupart à moitié effacés. Je suis directement allée à la lettre Z. À un numéro que j'avais composé il n'y avait pas si longtemps, à la mort du vieux. Un homme qui avait accompagné de loin en loin mon enfance et une partie de l'adolescence. Un ami de la famille dont les visites s'étaient peu à peu espacées au fil du temps, jusqu'à s'arrêter totalement peu de temps après la disparition de ma grand-mère. Je me souvenais de sa grande carcasse généreuse sur le seuil de notre porte et de la petite joie qu'elle me procurait chaque fois. Pedro Zuazo, un vieil homme au service de Dieu. Mon grand-père et lui avaient fui le Pays basque espagnol un jour d'août 1975. Le franciscain était devenu prêtre des rues à Paris, s'occupant des putes, des clochards, de la misère du monde, passant ses nuits dans les bistrots à écouter s'écouler le ruisseau boueux qui servait de vie à tous ces gens. J'avais de bons souvenirs de lui. Il ne restait jamais très longtemps à la maison mais avait toujours un mot gentil, un geste, une attention pour ma grand-mère, ma mère et moi. J'avais tenté de l'appeler quand j'avais fait la tournée des vieillards pour annoncer la mort de mon grand-père. Il n'avait pas répondu. Et ne s'était pas déplacé à l'enterrement. Mais s'il était encore en vie, il avait dû, depuis, apprendre la nouvelle par la bande. J'ai composé le numéro sans tellement nourrir d'espoir. Pedro était déjà vieux quand j'étais petite. À la troisième sonnerie, une voix caverneuse m'a répondu.

Quand il a entendu mon nom, le prêtre des putes a laissé passer le temps d'une longue respiration. Il ne m'a pas demandé comment j'allais, il a compris à mon ton qu'on n'était pas dans ce genre de considérations. Je lui ai dit que j'avais besoin de lui, que c'était une question de vie ou de mort. Normalement, il n'aurait pas dû poser de questions. Il avait été un habitué de la clandestinité. Mais il faut croire que ses antiques réflexes s'étaient émoussés.

— Qu'est-ce qu'il y a, Dolorès ? Qui t'en veut ?
— Les flics, Pedro. La presse parle beaucoup de moi ces derniers temps.

Il m'a donné rendez-vous le soir même dans un bar de Pigalle.

15

ANTOINE

Je suis rentré à Paris pour le week-end après quelques séances infructueuses avec Dolorès. Zélie m'attendait à la descente du train, ses jambes minces enveloppées dans un jean trop grand. Son regard vert éclaboussé de brun orangé brillait. Une tresse serrée comme une corde tombait sur une épaule qu'un souffle aurait brisée. Elle était heureuse de me voir revenir si vite. À peine m'a-t-elle embrassé. Elle voulait savoir.

— Alors, cette Dolorès ?
— Elle se voit comme une pure, une immaculée. Elle est convaincue d'être grande, de ne pas connaître la compromission. C'est une juste, une sainte, un glaive de justice. C'est dégueulasse à regarder. Personne n'est pur. La crasse, la corruption, la pourriture, c'est la charpente de l'âme humaine. Comment peut-on penser autrement ? Comment peut-on se faire croire à soi-même des choses pareilles ? Et puis, quelque chose ne va pas. Elle ment.

Zélie n'a pas cherché à en savoir plus. Sans doute s'attendait-elle à ce que je lui livre des détails. Je n'étais pas d'humeur à ça. Alors elle m'a dit je t'ai préparé une surprise, on part, tous les deux. J'ai demandé les clés de la maison en Normandie à mes parents. J'ai envie de vent.

Peut-être voulait-elle m'éloigner de mes habituels travers, de mes délicieuses fuites, celles où j'essaie de semer ma peau. Nous avons pris la voiture au parking de la gare et avons fait la route. Je ne suis même pas passé chez moi. Je n'avais rien à y faire de toute façon.

La bicoque des parents de Zélie était une vaste résidence posée sur le flanc d'un coteau qui dévalait doucement jusqu'à la mer. Pierre blanche éclatante, un toit d'ardoise, une véranda qui tenait comme en équilibre sur la pente. La bicoque des parents de Zélie était une demeure de maître. Le portail élégant ouvrait sur un grand terrain où des hêtres et des tilleuls aux allures paternelles semblaient être présents depuis que la mer s'était retirée. Gazon rasé de frais sur lequel devaient éclater des massifs de fleurs au printemps. Zélie m'avait dit bicoque, elle pensait me faire une surprise, je lui en ai voulu. Je savais que ses parents étaient aisés, je n'avais pas compris qu'ils étaient riches.

Nous avons stoppé la voiture devant le haut perron. Zélie espérait me voir réagir autrement. La petite lueur pétillante qui animait habituellement son regard a disparu devant ma réaction de colère contenue. Elle a ouvert l'énorme porte qui a cédé la place à un immense vestibule.

— Il y a une vingtaine de pièces. J'aurais dû te prévenir. Mais mes parents ne sont pas là, tu vas pouvoir faire leur connaissance avant de les rencontrer.

J'ai fait l'effort de manger l'incompréhensible exaspération qui demandait à jaillir. Nous avons choisi une chambre à l'étage, y avons déposé nos bagages. Dans un coin du plafond, une énorme toile d'araignée pendait, formant un sac tant elle était lestée d'insectes morts. La propriétaire des lieux était tout à côté, surveillant son garde-manger, attendant qu'il vienne se remplir encore un peu plus. Zélie a croisé mon regard posé sur cette grosse velue à huit pattes et son compte en banque d'insectes. Elle m'a souri.

— Toi qui as lu Marx, ce n'est pas ça qu'on appelle l'accumulation primitive du capital ?

J'ai souri à mon tour à ce trait d'humour. Zélie a pris un air méfiant lorsque j'ai demandé où se trouvaient les toilettes mais elle n'a rien osé dire. À genoux devant la cuvette, je me suis promis de ne pas abuser pendant le week-end.

Aussitôt installés, plutôt que d'aller voir la plage, nous sommes allés marcher sur les hauteurs, avons piétiné les ajoncs avec délicatesse, pris des claques humides, assourdis par le vent de la tempête qui s'annonçait. Elle m'a conduit sur le mont Canisy, des falaises qui surplombent la mer. Là, pêle-mêle, des herbes hautes, de la boue, des restes de structures bétonnées protégeant les pièces d'artillerie allemandes de la Seconde Guerre mondiale. Zélie me montrait la vue, l'horizon plus épanoui qu'une renoncule au printemps, et moi je n'avais d'yeux que pour les vestiges d'une guerre morte, pour ces blocs de béton armé éventrés par des barres d'acier rouillées. Fasciné par le cancer qui ronge ce qui reste. Comme les ruines sont calmes une fois passée la fureur. On ne dit pas le silence des pierres après la guerre. Zélie s'est agacée de ma façon de négliger la beauté naturelle pour ne m'intéresser qu'à la décrépitude. Je suis resté muet.

Le paysage alentour n'était qu'un souffle continu, nous protégeant du monde. Dans les grandes bourrasques, Zélie s'est sentie à l'abri. Suffisamment pour m'interroger. Elle me reprochait sans cesse de ne pas m'ouvrir, de ne rien dire de moi, de garder mes émotions et mon passé dans un œuf. Elle me disait de toi je ne sais rien. Que ce que tu es devenu. On ne peut pas aimer quelqu'un sans connaître sa genèse. Ce n'est pas possible. Elle me questionnait souvent sur mes parents. Mon statut d'orphelin volontaire l'intriguait, la déstabilisait. Elle avait vécu dans une famille aimante, facile, aisée, où l'argent était le miel qui les unissait, où l'absence de peur du lendemain rendait l'amour simple, vivable au jour le jour. Alors elle insistait, disait souvent ouvre-toi à moi, tu es fermé comme un poing. Ici encore, surplombant la plage plate et vide, elle a voulu casser mon silence de caillou. La grandeur du ciel en faisait un parfait confessionnal. Mes mots s'envoleraient, iraient rejoindre les goélands ballottés par la bise. Zélie était tenace et empathique.

Aussi, marchant sous les roseaux pliés par le vent, j'ai ouvert. Un peu. Agacement ou méchanceté, un désir de la punir de sa curiosité est monté en moi. Alors j'ai raconté le petit pavillon sombre, le jardin minuscule, à une heure de la capitale. Un père contremaître, une mère vendeuse en pharmacie, ce que l'on appelait les petites classes moyennes. Ni l'un, ni l'autre. Ni peuple, ni bourgeoisie, une zone qui interdit toute appartenance à une caste, une zone qui vous fait croire que vous êtes plus que ce que vous êtes. Une petite vie ennuyeuse que seul l'alcool venait faire éclater par instants. Des fêtes avec quelques amis comme eux, s'ennuyant dans leur pavillon à eux, sans perspective autre qu'un lendemain qui serait le même jour que la veille, avec la trouille au ventre que ça ne soit pas le cas. Je lui ai dit le véritable mépris que j'avais pour tout ça. L'aversion. Zélie ne comprenait pas.

— C'est ça ? C'est la médiocrité qui t'a fait couper les ponts avec tes parents, ta famille ?

— Oui, sûrement. Leur vie, leur esprit plus bouché que des chiottes de station essence. Leurs fréquentations.

J'ai évoqué Jean, comme on expose un symptôme, comme un exemple parmi d'autres. Un ami de mes parents. Le bon ami Jean qui était de toutes les fêtes. Des années 1970, il avait gardé un goût pour le tabac brun, le mauvais whisky et les favoris. Je lui ai parlé de ses joues râpeuses comme du papier de verre, de ces yeux verts vitrifiés par l'alcool, de cette tête carrée. Chat monstrueux, Béhémoth du *Maître et Marguerite*, sans le rire. Zélie a pris un temps pour encaisser la répulsion qui coulait de ma bouche. Puis, comme pour clore le chapitre, elle m'a demandé ce qu'il était devenu, ce Jean.

— Il s'est pendu, j'ai répondu. Il a mis sa bonne grosse tête dans un nœud coulant, quelque part dans la forêt. Il a vomi la vie, bandant une dernière fois face aux oiseaux perplexes.

Nous avons terminé la promenade en silence. Zélie ne me regardait pas. J'ai vu ses yeux briller cependant. De l'horrible compassion dont je ne voulais pas. Il nous fallait un peu de vin pour reprendre nos esprits. Nous sommes allés en ville pour nous ravitailler, avons marché sur la digue de béton où une longue file de réverbères alignés répandait une lumière orange, diffuse, une fumée dans la minuscule bruine tombant du ciel comme d'un vaporisateur. L'écume blanche des vagues sur la mer noire ressemblait à une armée de sourires de chat du Cheshire venue ironiser la plage. Nous sommes passés devant le casino dont l'enseigne imitait mal le panneau d'entrée de Las Vegas. Dans la nuit, les bannières lumineuses énumérant les multiples attractions de l'endroit avaient quelque chose de triste et de solitaire. Même les néons cassés qui vantaient les CHINES À SOUS ne nous ont pas fait rire. Le petit supermarché était encore ouvert. Nous avons acheté quelques bouteilles et des biscuits apéritifs. Il y avait de quoi se nourrir dans l'énorme congélateur de la maison.

À peine étions-nous rentrés que la pluie s'est acharnée sur la côte, déversant des cascades sur le toit de la maison. Zélie a fait du feu. Dans la grande cuisine ouverte, elle est allée boire au robinet. Elle s'est penchée, a empoigné délicatement sa chevelure et l'a ramassée sur le côté comme une brassée de fleurs sauvages. Je distinguais les minuscules taches de son qui étoilaient le petit tremplin de son nez. Nous avons fait l'amour parce qu'il n'y avait rien d'autre à faire ou à dire. La baie vitrée de la maison donnait sur la mer. Nous avons passé des heures mornes à contempler l'énorme ondulation de l'eau. Comme si un monstre noir à la respiration paisible s'apprêtait à surgir à chaque ondoiement.

Le lendemain, en fin d'après-midi, nous sommes allés marcher en bord de mer. Zélie s'agaçait de me voir reboucher les trous provoqués dans le sable par d'autres pas que les nôtres. Je lissais doucement le chemin. Pour que personne ne soit jamais passé sur cette plage.

Le week-end s'est achevé tranquillement. Zélie a trouvé ça doux, j'ai trouvé ça ennuyeux. En rentrant à Paris, chez moi, j'ai enchaîné quelques verres avant d'aller me coucher. L'angoisse du dimanche soir. Des nœuds aux tripes. Le lendemain, retour à la prison, retour à Dolorès, à ses yeux noirs et à son mépris.

16

DOLORÈS

La première fois qu'on nous a conduites à la promenade, j'ai suivi sans rien dire la petite file indienne. Certaines filles chahutaient entre elles, plaisantaient avec les surveillantes comme on plaisante avec le prof de gym. La cour ouvrait sur le ciel tout entier, un entonnoir qui coule depuis le bleu jusqu'au gris. Je suis restée à côté de Marion. Elle m'avait dit ça.

— Tu restes avec moi, tu n'auras pas de problème. Juste, tu fais pas ta star, pas ta maligne, tu baisses les yeux et tu fermes ta gueule.

J'ai baissé les yeux et fermé ma gueule. Ne pas croiser les regards, aucun. Je jetais un œil au béton sale, presque noir, puis au ciel qui donnait l'impression d'un envol, avant de redescendre, de me griffer la vue sur les barbelés, les concertinas, c'est comme ça qu'on appelle ça, m'avait expliqué Marion. Des groupes de filles se sont formés un peu partout, égaillés dans l'espace pourtant assez étroit. Marion est restée sous un genre d'auvent. J'avais envie de marcher. Quelques filles se dégourdissaient les jambes. J'ai demandé à Marion si je pouvais, moi aussi. Elle a fait oui de la tête et a ajouté qu'il fallait que j'aille dans le même sens que tout le monde. Dans le sens inverse des aiguilles d'une montre. La symbolique m'est apparue suffisamment évidente pour que je n'aie pas à en demander la raison.

Ma codétenue m'avait expliqué comment les choses allaient se dérouler. Outre la fermeture de ma gueule, elle attendait autre chose de moi. Presque à chaque promenade, des "petites mains" à l'extérieur, souvent des jeunes à qui on donnait un billet pour leur peine, projetaient des paquets divers dans la cour de la prison. Shit ou portables atterrissaient dans l'espace restreint où les détenues erraient. Marion passait ses commandes par téléphone, le soir, après la dernière ronde des gardiennes, et ses "commis", comme elle les appelait, allaient chercher les "paquos" pendant la promenade, suivant une méthode simple. J'allais devoir, moi aussi, récupérer l'un de ces paquos. J'y gagnais un petit billet et sa protection. Ça valait le coup selon elle. D'après ma codétenue, le risque que je me fasse prendre était faible. Et puis, avait-elle ajouté, toi, tu vas passer le reste de ta vie ici, tu n'as pas grand-chose à perdre de toute façon. Ils ne peuvent pas vraiment t'emmerder. Elle avait raison. Il n'y avait pas lieu d'avoir peur.

J'ai tourné dans la cour, en regardant mes pieds. Je levais la tête de temps en temps. Des grappes de femmes agglutinées, d'autres marchant sans but, tête baissée. Ici ou là des éclats de voix. Le ton semblait monter très vite. Marion m'avait dit que ça pouvait dégénérer facilement, qu'il fallait que je fasse attention. Qu'on n'était jamais à l'abri de se prendre une brosse à dents taillée en pointe dans le ventre. Je me suis dit que ça serait peut-être un juste retour des choses.

Des ballots ficelés se sont mis à pleuvoir, plus ou moins gros, tous largement enveloppés. Certaines des filles se sont alors dirigées vers les fameux paquos. Chaque fois qu'un colis arrivait, ma codétenue y jetait un œil négligeant, comme pas concerné, puis hochait la tête. Une fille se baissait, cachait le barda dans son pantalon ou dans sa veste et continuait à marcher. Je me suis rapprochée de Marion, pour les instructions. Elle m'a dit d'attendre et puis un petit paquet entouré de papier kraft est tombé du ciel. Marion m'a dit tu y vas, tu attrapes, tu marches. J'y suis allée, regardant partout autour de moi. Personne ne prêtait attention à ce que faisaient les autres. J'ai ramassé l'emballage au sol, l'ai fourré dans ma veste et j'ai repris la marche. Au bout d'un temps, tout le monde s'est attroupé dans un coin, Marion a désigné le petit rassemblement du doigt : je devais le rejoindre. Les paquets sont passés de main en main, on m'a délesté du mien. J'ai pu recommencer à marcher à rebours du temps. Ça a sonné, il a fallu remonter en cellule. En rentrant, une surveillante m'a sortie de la file, m'a demandé de me mettre sur le côté pour la fouille. Marion est passée près de moi et a posé une main sur mon épaule pour me signifier que tout allait bien se dérouler. La surveillante m'a longuement palpée, a cherché dans tous les recoins le téléphone portable ou la savonnette de shit que je n'avais pas. Puis elle m'a raccompagnée en cellule, visage fermé. Aucune des surveillantes ne plaisantait avec moi comme avec les autres détenues. Le ton de leur voix, leur manière de s'exprimer, tout était différent. J'étais un nuage noir dans un ciel dégagé.

17

DOLORÈS

Après mon coup de fil à Pedro, j'avais passé la journée dans la chambre d'hôtel à attendre sagement. Puis à l'heure dite je suis partie, mon maigre sac à la main. Le réceptionniste n'était pas au comptoir, j'ai déposé la clé, la chambre était payée. J'ai rejoint Pigalle et le bar où Zuazo m'avait donné rendez-vous. Je suis passée à la fouille qui, depuis mes exploits, était devenue systématique dans ce genre d'endroit, j'ai pénétré dans un long couloir sombre à la lumière rouge étouffée. Au fond, une scène minuscule légèrement surélevée. Derrière le comptoir, une affichette annonçait le programme de la soirée. Trois groupes aux noms tapageurs. Game O', Off Topic, The Broken Ribs. Lorsque je suis entrée, un dernier riff de guitare électrique mettait un point final à la prestation bruyante de quatre jeunes hommes aux cheveux savamment décoiffés. Les trous dans leurs jeans étaient de Donald Cardwell. Le chanteur était beau, bouleversant, un dieu déçu par les hommes. Quelques spectateurs ont applaudi sans enthousiasme. Le gamin a tourné le dos sans un regard pour le public, et il est parti comme un chat s'en va.

J'ai commandé un bourbon au barman dont j'ai eu beaucoup de mal à attirer l'attention. Non, pas de glace, mais mettez-moi un double. J'ai regardé la salle. Pedro n'était toujours pas là. Sur l'estrade, on débarrassait une partie du matériel, on installait un tabouret derrière le micro. Une jeune femme a pris possession de la scène. Elle avait les cheveux blonds très courts décolorés, les pommettes hautes. Deux grands lacs mélancoliques lui mangeaient le visage. Elle portait une guitare sèche dans le dos qu'elle a ramenée devant elle dans un geste de cow-boy. Bonsoir, je suis Off Topic, j'ai un nom de groupe mais je chante toute seule. Puis, limpides, les premières notes de *Ain't no Sunshine* sont montées doucement. Le rythme était plus lent que celui de la chanson originale. Et une voix pure, cristal prêt à se briser, s'est élevée, faisant taire immédiatement le tintement des verres et les quelques rires gras qui polluaient une salle soudain encalminée. Une voix pure qui vous ouvre le ventre comme un tesson de bouteille. Bill Withers devait sourire là où il était.

— Trop de miel, je n'aime pas le miel.

Pedro m'a arrachée à cet instant de grâce.

— Elle chante comme un ange mais donne envie de se tailler les veines avec un couteau à beurre. Comment tu vas ?

J'ai fait signe au vieil homme de la fermer et de me laisser savourer. Il a fait un geste au barman qui lui a apporté un verre d'alcool ambré, je ne sais pas quoi. Je crois qu'il buvait du brandy avec le vieux, ça devait être ça. J'ai jeté un œil à Pedro. Son visage était parcouru d'un infini réseau de ruisseaux asséchés. Je me souvenais de lui, quand j'étais petite, ses cheveux longs étaient encore bruns, ses yeux encore noirs. À présent, un léger voile blanc les recouvrait, lui donnant des airs de sage aveugle, de pythie.

Le vieux prêtre a respecté mon désir d'écouter la jeune femme qui, là-haut, sur la scène, continuait de faire glisser sa voix sur notre chair de poule. Il sirotait son verre tranquillement, il n'était pas pressé. Une petite demi-heure hors du temps, puis la jeune femme s'est levée, a salué d'un vague geste de la main. Elle a traversé une salle qu'elle avait rendue silencieuse à l'excès, tête haute. Elle marchait au-dessus des mortels. Pedro a alors compris qu'il pouvait enfin parler.

— Désolé pour le retard, j'avais oublié de nourrir mon tripode, il a fallu que je remonte chez moi. Et à mon âge, remonter chez moi, c'est perdre un bon quart d'heure.

Nouveau remue-ménage sur la scène, un autre groupe commençait à prendre place. Deux garçons, une fille, frisant tous les trois la cinquantaine, se marrant en plaçant le micro. Pedro les a désignés du doigt.

— C'est eux que je voulais voir. Je connais bien le bassiste, Rémi. À l'époque où le diocèse finançait encore mon bar pour paumés, il venait souvent. Il apportait des bières.

Il m'a montré sur la scène un petit homme maigrelet au nez busqué et à la chevelure de poussin. Ses yeux ressemblaient à deux éclats de rire.

— Il était à la rue, puis il s'en est sorti. On est restés en contact, il estime qu'il me doit quelque chose. Depuis, j'ai dû fermer le bar, on a considéré en haut lieu qu'il n'obtenait pas de résultats. Dieu Lui-même est indexé sur Ses performances aujourd'hui.

Puis, sans transition, sans la moindre préparation, Pedro s'est tourné vers moi, soudain grave.

— C'est toi ? Tout ça, c'est toi ? La vidéo, le reste ?

J'avais eu peur d'avoir été trop allusive au téléphone. Visiblement pas. Pedro avait compris.

— Oui, c'est moi.

Ses mots se sont précipités dans sa bouche, avec une vigueur de mitraillette.

— Tu es en train de devenir une icône. La louve de Dante.

Il a fermé les yeux un instant avant d'inspirer et de réciter

> *Puis une louve encor, qui de toutes les faims*
> *Semblait chargée en sa maigre carcasse*
> *Et qui à maintes gens fit misérable vie.*

— C'est beau la culture… Mais je ne vois pas le rapport.

— La louve chargée de toutes les faims. C'est toi. Regarde comme les bourgeois font dans leur froc. C'est partout. On ne parle plus que de ça. Toutes ces femmes qui ont commencé à t'imiter, c'est fabuleux. La révolution à coups de couteau dans les couilles, c'est la seule possible aujourd'hui. Ces cons de bourgeois ne peuvent plus baiser sans prendre le risque de finir empalés.

— Je n'ai empalé personne.

— Ah, ce n'était pas toi celui-là ?

— Non.

— On s'en fout, regarde ce qui arrive. Ça essaime, ça se répand, ça fait vaciller plus sûrement que n'importe quel assassinat politique.

Les yeux de Pedro brûlaient d'un feu de rage et de joie.

— Ce que tu as commencé, personne ne peut l'arrêter, Dolorès. Ça monte, ça déborde, ça va tout inonder.

— Je n'ai rien voulu commencer, Pedro. Rien du tout. Je ne sais pas ce que je fais. Et j'ai besoin que tu m'aides. J'ai quitté mon appartement. Failli me faire prendre, il me faut une planque, quelque chose.

Le dernier groupe de la soirée était maintenant en place. La femme, une jolie blonde aux joues rebondies, cheveux attachés à la diable, s'est placée devant le micro.

— Bonsoir, on est les Broken Ribs. Il paraît que le rock c'est un truc de vieux. Ça tombe bien, on est vieux.

Et la guitare s'est mise à hurler. Une colère festive a explosé d'un coup et fait trembler les murs. Le groupe jouait un morceau cacophonique, la fille aux joues rebondies hurlait dans son micro, une veine, épaisse comme une racine de chêne, courait sur son cou, prête à l'explosion. Le bassiste impassible faisait sautiller ses doigts sur les cordes à toute allure, hilare, sans que l'on sache bien pourquoi. Pedro m'a fait signe de prendre mon verre et de le suivre. Il m'a emmenée dehors, sur le trottoir, s'est allumé une cigarette.

— On ne peut pas parler avec tout ce boucan. Tu viens ce soir à la maison et je te trouverai une crèche rapidement. Il va falloir que tu fasses profil bas pendant quelque temps. De toute façon, le relais est pris, d'autres que toi se chargent de faire le boulot. Tu es une merveilleuse étincelle sur un baril de poudre, Dolorès, une étincelle qui brille comme une étoile.

Je n'ai même pas essayé de lui répondre. Il n'y avait rien à dire. Pedro voyait les choses comme il les voyait. Il a écrasé sa cigarette sur le trottoir puis est rentré dans le bar. Je l'ai suivi. La musique hurlait toujours autant. Les *Salut à toi* se succédaient dans la bouche de la chanteuse, déformée par les cris. Pedro s'est accoudé au comptoir, assis sur un tabouret haut. Je suis restée debout à côté de lui, à goûter l'heureuse colère des musiciens. Lorsqu'a sonné le dernier riff, ils ont salué, pris leur canette de bière à la main et l'ont levée face au public.

Pedro est allé féliciter le groupe. Le bassiste aux cheveux de poussin l'a serré dans ses bras avec une émotion évidente. Ils ont discuté quelques minutes dans le brouhaha ivre d'une soirée à présent bien entamée. Puis, démarche lente mais droite, il m'a rejointe.

— Suis-moi, on va à la maison. Tu as des affaires ?

J'ai secoué la tête, non, rien, juste ce sac, j'ai tout laissé derrière.

18

ANTOINE

Le train du lundi matin et ses longues files de voyageurs de la semaine. Des costumes, des téléphones collés à la joue, des ordinateurs portables et des tableaux Excel en lieu et place des livres d'images, des paquets de chips et des jeux des sept familles des voyageurs du week-end. J'étais arrivé à la gare avec un peu d'avance. Les verres de rhum avalés la veille à mon retour chez moi travaillaient mes tripes. Café de machine et déambulation dans la librairie/maison de la presse/confiserie de la gare. La trace du matin me tenait en alerte. Sur les tables de la boutique, les livres des auteurs préférés des Français. Des femmes, surtout. J'ai passé les rayons en revue, sans vraiment savoir ce que je cherchais. Je tuais un temps qui refusait de mourir. Les livres de poche étaient sagement rangés par ordre alphabétique. On y trouvait certains classiques, un peu jaunis. Ils me faisaient penser à ces orphelins trop grands, restés trop longtemps dans les institutions et que plus personne ne voulait adopter. En parcourant des yeux la lettre V, j'ai souri. J'ai pris le bouquin et suis allé le payer. J'ai ajouté une barre chocolatée en caisse pour aller avec.

19

DOLORÈS

Le rituel des séances était maintenant rodé. On venait me chercher en cellule, on m'amenait à l'unité sanitaire et on me laissait seule avec le con de psychiatre et sa gueule parfaite. Quand je suis entrée cette fois-ci, un élément du décor avait changé. Un livre était posé négligemment sur son bureau. *L'Écume des jours*. Il m'a vue le regarder.

— Vous aimez lire ?

J'ai haussé les épaules et me suis assise.

— Pas ça, j'ai répondu. Je ne demande pas à un écrivain de m'aider à m'évader, je veux qu'il me montre où se trouvent les barreaux.

— C'est une formule.

— Si vous le dites. En tout cas, j'aime la littérature qui a des choses à dire, pas seulement des histoires à raconter.

Il a laissé échapper un sourire condescendant qui m'a donné envie de le gifler. L'emportement est venu comme ça, d'un coup, bêtement.

— Vous lisez un livre, vous regardez un film, vous achetez votre bonne conscience. Ces produits sont faits pour vous satisfaire, pour vous caresser, vous faire soupirer d'aise comme vous flattez vos testicules après une bonne baise. Tel que je vous vois, vous faites partie de cette catégorie qui aime qu'on lui parle des pauvres, des pauvres héroïques, de ceux que leur dignité fait qu'ils crèvent sous les balles. Vous aimez ça. Et votre art le fait si bien. Mais votre art ne vous dit pas la vraie rage, vous ne savez pas ce que c'est, cette tempête qui se forme au creux du ventre. Non, vous ne savez pas. Les mots vous en prémunissent. Les mots taillés, ciselés pour vous et par vous, les mots que vous gardez pour vous comme un anneau magique. La tempête, c'est une rage que vous appelez haine pour pouvoir nous embastiller. Ça, vos livres et vos films ne le disent pas.

Il a semblé vaguement irrité par mes propos. Il n'en a rien dit, a redressé un peu les épaules et s'est éclairci la voix.

— Juste avant la séance, le juge m'a appelé pour m'apprendre le nom de votre huitième victime. Je pensais que je n'avais pas besoin de la connaître. J'avais tort. Visiblement, vous avez été très coopérative au cours des derniers interrogatoires.

Il a dit ça avec un drôle de doute dans les inflexions de sa voix.

— J'avais envie de leur dire. Mon grand-père était un salaud. J'ai eu envie qu'ils sachent, alors j'ai raconté sa vieille grippe accrochée à la rampe de l'escalier, comme la pince d'un monstrueux crustacé, comment il a gravi les marches, petit à petit, une à une, avec une lenteur prudente. Je leur ai raconté comment son pantalon bâillait, lamentable, comment, arrivé tout en haut, il s'est arrêté un instant pour reprendre son souffle, son visage tordu par l'effort. Il était le spectacle de la honte, pas la honte elle-même. Je leur ai raconté comment je l'ai poussé. De mes deux mains, un geste sec contre sa poitrine. Comment il a roulé jusqu'en bas. Ses petits sanglots bouffons. Puis le silence dans la maison. Et les gémissements qui ont repris. Faibles. Je leur ai dit comment j'ai dévalé l'escalier pour le retrouver, l'entendre murmurer des choses, articuler le mot pompiers, comment j'ai attrapé ses jambes comme les bras d'une charrette et j'ai remonté l'escalier. À chaque marche, sa tête qui cognait, faisait un bruit sourd, un boum trop feutré pour ma colère. Il n'avait pas la force de se débattre. Arrivée au sommet, je l'ai empoigné par les aisselles, l'ai relevé. Ses jambes ne le tenaient plus. Il s'est accroché à la rampe. Je l'ai poussé.

On a cogné à la porte, assez fort, assez brutalement. Ça a mis fin à ma logorrhée. Je tremblais. Il a dit entrez et une surveillante a ouvert. Elle s'est adressée à moi.

— Leal Mayor, vous avez une visite, parloir avocat. Docteur, je suis désolée mais ça prime, vous la verrez à la prochaine séance.

Le psychiatre a haussé les épaules.

Je me suis levée, j'ai tendu les mains, pour les menottes. J'ai dit à la surveillante je n'ai pas d'avocat.

20

ANTOINE

La séance écourtée, je me suis demandé ce que j'allais faire. L'assassinat du grand-père de Dolorès était un nouvel élément dans le paysage. Un élément un peu étrange. Une curieuse dissonance.

Il était encore tôt mais, par la fenêtre aux barreaux vert pomme, déjà, le chien devenait loup. J'ai quitté le centre pénitentiaire sans personne pour me guider jusqu'à la sortie. Je n'en avais plus besoin, ma silhouette était à présent connue dans les couloirs de la prison. J'ai récupéré mon téléphone à l'accueil mais n'ai pas eu envie de le ressusciter immédiatement. J'ai voulu rester coupé du monde encore quelques minutes. Ne pas exister. M'extraire de la triste sarabande des vivants. J'ai marché sur le bord de route sous une lumière grise qui virait au noir. Je devais avoir des airs d'auto-stoppeur marginal. Les quelques voitures croisées n'arrivaient pas à trancher : devaient-elles ou non allumer leurs phares ? Les montagnes me suivaient d'un regard que les premières obscurités rendaient malveillant. J'ai fermé mon blouson jusqu'au col, enfoncé mes mains dans mes poches. Le froid humide engourdissait mes pieds.

Il faisait presque nuit quand je suis arrivé au studio. J'ai appuyé sur l'interrupteur de l'entrée, faisant jaillir une faible lumière, retiré mes chaussures et ai posé mes pieds sur le radiateur électrique. Ni message ni appel en absence sur mon téléphone. Zélie devait travailler. J'ai pensé que je pouvais lui écrire. L'appartement était couvert d'une épaisse couche de silence. Je me suis posté devant l'ordinateur, ai commencé à rédiger un courrier, allumé une deuxième lumière. La nuit s'était faufilée dans la maison, la petite lampe de l'entrée ne suffisait pas à la faire déguerpir. J'avais envie de communiquer avec Zélie, envie de lui dire quelque chose, mais je ne savais pas quoi. Je désirais simplement qu'elle attrape la corde que je lui enverrais et me ramène sur le rivage.

Je suis resté un long moment devant mon écran, à regarder les réseaux, et revenir sur un message qui restait vide. Le corps a réclamé un peu de coke.

À quoi bon être triste après tout.

D'un coup, le silence a été encore plus épais, plus palpable, une énorme couette en plume qui m'étouffait. J'ai remis rapidement mes chaussures, enfilé mon blouson et suis sorti. Le village était mort. Pas même un souffle de vent pour faire bouger les conifères. J'ai marché jusqu'au bistrot dont je voyais au loin les néons allumés. J'ai traversé la nationale sans même regarder et, une fois devant, j'ai vu la grille baissée. Le café était fermé. Les chaises étaient retournées sur les tables, le sol était brillant d'humidité. Au fond, au comptoir, Chloé recomptait la caisse. Sa petite frange irritante barrait un front plissé sous l'effet de ses calculs. J'ai voulu cogner à la grille, lui proposer je ne sais quoi. Mais je ne savais pas quoi, là non plus. J'ai repris le chemin du studio, seul.

21

DOLORÈS

Avant de quitter l'unité sanitaire, la surveillante a vérifié que je n'avais ni ceinture, ni montre, ni briquet, ni cigarettes. Je n'avais rien. Mais elle ne semblait pas particulièrement satisfaite. Nous sommes parties. Couloirs, *rue*, portes, clics, tous les parcours s'égrenaient de la même façon. Derrière la grille, un genre de labyrinthe. Léger renfoncement, avec un banc.

— On va vous fouiller avant votre parloir. Après aussi. Pas de conneries.

J'ai fait comme si je n'avais pas entendu. La surveillante m'a conduite à une cabine numérotée. Une chaise, une petite table, une paroi de plexiglas, héritée de l'époque de la pandémie m'avait expliqué Marion. Même chaise, même table de l'autre côté, comme si j'étais assise devant un miroir qui ne me reflétait pas. On m'a dit attendez là, elle va arriver. J'ai patienté quelques minutes. Une jeune femme, blonde, cheveux en chignon, est venue s'asseoir face à moi. Elle s'est présentée brièvement, m'a expliqué qu'elle avait été commise d'office. Devant ma surprise, elle a ajouté qu'elle m'avait écrit plusieurs fois depuis mon incarcération. Y compris pour me prévenir de sa venue.

— Je n'ai rien reçu, je ne savais pas. Vous n'étiez pas aux interrogatoires. Pourquoi ?

— On ne nous y a pas autorisés. Une dérogation exceptionnelle signée par le garde des Sceaux en personne.

Elle m'a expliqué que l'instruction était en cours, qu'elle suivait comme elle pouvait, qu'elle n'avait accès qu'à très peu d'informations. Une mèche folle venait agacer la commissure de ses lèvres, elle la replaçait régulièrement derrière son oreille.

— Ça va prendre du temps tout ça, vous savez. Vous allez rester en détention préventive pendant un bon moment. Je vous conseille de prendre votre mal en patience, de vous installer, de trouver un quotidien. Faites une demande de travail, profitez de l'unité d'enseignement, remplissez vos journées.

J'ai eu envie de rire.

— Mes journées sont remplies par les allées et venues d'un tas de fantômes, ne vous inquiétez pas pour moi.

— C'est vous qui voyez. J'imagine que vous avez déjà eu rendez-vous avec le psychiatre. C'est sans doute votre meilleure chance, l'irresponsabilité. Je ne devrais pas vous donner ce conseil, mais vous pourriez jouer cette carte, j'ai le sentiment qu'on est prêt à vous accorder la folie.

J'ai bien aimé ce mot, "accorder".

La folie comme un cadeau. J'ai fait un geste évasif, ne voulant pas contrarier la jeune femme et son parler sec comme des petits pétards. Un silence s'est installé. Sans doute s'attendait-elle à ce que je dise quelque chose. Rien n'est venu. Alors elle a repris.

— Je suis tout de même parvenue à avoir quelques nouvelles de l'instruction, des indiscrétions. Le magistrat cherche des complicités. Il affirme qu'il est impossible que vous ayez réussi à déjouer les forces de police sans aide extérieure. Ils sont sur une piste. Ils cherchent parmi les amis de votre grand-père.

Je me suis raidie d'un coup mais n'ai rien laissé paraître. La panique me mordait le ventre. Pedro. Ils allaient remonter jusqu'à Pedro. Ils allaient le prendre et le coller derrière des murs. Il fallait que je trouve un moyen de le prévenir.

— J'ai appris qui était votre grand-père à cette occasion. Je ne savais pas. Ça aussi, il faudrait le jouer auprès du psychiatre. Le grand-père comme figure tutélaire. Vous avez commencé peu après sa mort.

— Ça n'a rien à voir.

— Peut-être, mais les juges feront le lien et c'est peut-être votre seule chance de sortir d'ici un jour.

— Qui vous a dit que je voulais sortir ? En a-t-on terminé ?

L'avocate m'a regardée, étonnée. Elle a cherché nerveusement dans ses notes. Avait sans doute d'autres points à aborder mais a laissé tomber. Elle a hoché la tête doucement. Elle n'était pas au courant de ma révélation, autant dire que son travail laissait un peu à désirer et que ses informations n'étaient pas vraiment fiables. Mais je ne pouvais pas prendre de risque, il fallait que je protège Pedro.

— Oui, nous pouvons nous arrêter là pour aujourd'hui. Je reviendrai bientôt.

Je me suis marrée. Une affaire comme la mienne serait reprise par un ténor du barreau rapidement. J'ai levé les yeux sur ce visage juvénile, un peu perdu, j'ai empêché la morsure du sarcasme de gagner ma bouche et me suis contentée d'un d'accord, à bientôt.

Elle est sortie rapidement, se disant peut-être qu'elle ne me reverrait pas. Je me suis levée, j'ai cogné à la porte. Surveillante ! Surveillante ! On a fini. Il fallait que je retourne très vite en cellule. Mes doigts recroquevillés en poings mous, un épuisement soudain, un affolement. Pedro. Merde. Pedro. Ça m'a pris d'un coup, cette panique. Ça battait partout, le cœur, les tempes, le ventre. Les poumons écrasés. La surveillante est venue me chercher et m'a conduite à la fouille. Puis elle m'a pris la main pour la mettre à la biométrie. Mon visage est apparu sur un écran. C'était bien moi, on pouvait me ramener à la maison d'arrêt. J'ai poussé un soupir de soulagement quand la porte de la cellule s'est refermée derrière moi.

À mon retour, Marion était assise sur le lit, le regard dans le vague, observant mollement l'eau frémir sur le réchaud flambant neuf. Quand la porte s'est fermée derrière moi, j'ai dit j'ai besoin d'un téléphone. Très vite. Marion a enlevé la casserole du réchaud, a versé l'eau dans une tasse, ajouté deux cuillers de café soluble et un sucre. Touillant doucement son breuvage, sourire moqueur aux lèvres, elle m'a regardée.
— Il te faut quoi ? Un I ? Un pouce ? T'as le pognon ?
— Je l'aurai, le pognon.
— Ici, on n'utilise pas le futur. C'est un temps qui n'existe pas. Soit tu as le pognon, soit tu ne l'as pas. Et j'en déduis que tu ne l'as pas.
— J'ai juste besoin de téléphoner, je m'en fous si c'est un pot de yaourt.
— Alors je te prête le mien et tu demandes à la personne que tu appelles d'aller acheter un PCS de

deux cents balles au bureau de tabac et de m'envoyer le code par SMS. Ça payera pour la bécane. Je récupère mon portable après la dernière ronde, vers 20 h 30, ma nourrice me le fait passer par yoyo. Tu pourras appeler, tu auras deux minutes.

— Je n'aurai pas besoin d'autant.

Le soir venu, un frottement à la fenêtre a indiqué l'arrivée du téléphone de Marion. Elle me l'a tendu.

— Allez, appelle qui tu dois appeler.

Je me suis isolée dans un coin de la cellule, comme je le pouvais, j'ai chuchoté. À l'autre bout, Pedro était calme. La situation n'appelait sans doute pas l'affolement pour lui. Moi, il m'a surprise.

— J'ai quitté Paris, Dolorès, mais je ne suis pas planqué. Je me suis rapproché de toi. J'habite une maison dans le village à côté de la prison depuis plusieurs jours.

— Mais comment tu as su ? Et pour quoi faire ?

— Mes réseaux, Dolorès, mes réseaux. Ça et mon chien, c'est tout ce qu'il me reste. On verra si ça sert à quelque chose.

Je lui ai demandé pour le PCS.

— À cette heure-ci, je ne trouverai rien d'ouvert, même dans la ville d'à côté. Mais je vais passer des coups de fil. Tu l'auras.

J'ai raccroché. Un quart d'heure plus tard, le portable de Marion a vibré.

— Je ne sais pas qui c'est, mais il est rapide. J'ai le PCS.

Elle a tapé le code sur son clavier, a encaissé l'argent avant d'envoyer un message.

— Ta bécane arrivera demain, à la promenade. Un paquo de plus à récupérer.

Marion a soupiré. Elle s'apprêtait à entrer dans son téléphone tous les codes PCS récupérés par ses commis pendant la dernière promenade. Il lui faudrait ensuite passer ses commandes de shit entre autres. C'était fastidieux, mécanique. Elle s'est tournée vers moi.

— Tu sais qu'il y en a une qui est passée par ici avant que tu sois arrêtée. Elle a été transférée le jour de ton arrivée. Je lui ai parlé en promenade. C'était une caissière. Elle a buté le patron de son hyper avant de lui enfiler des rouleaux de pièces de dix centimes dans la gorge. Un peu comme dans ta vidéo, mais en plus minable. Elle non plus elle ne savait pas pourquoi elle avait fait ça. Faut croire que vous êtes toutes folles. Ou alors que c'est votre corps qui a compris un truc avant vous. Après, elle est allée se rendre à la police. Elle voulait qu'on sache. Elle ne voulait pas qu'on pense que ça pouvait être toi. Tu aurais vu ses yeux quand elle disait ça…

Marion n'attendait pas de réponse. Elle m'informait, c'est tout, histoire de causer. Je me suis allongée sur mon lit. Je n'avais rien demandé à personne. Rien préconisé. Rien revendiqué. J'étais crevée.

Ma nuit a de nouveau été perturbée par l'horrible expression de désespoir des autres détenues. Les cris, toujours. Entre haine folle et désespoir abyssal. Le bruit vibrant des poings sur les portes de métal. Les appels d'une cellule à l'autre. Le sommeil tourmenté, l'épuisement. Au matin, on nous a envoyées à la douche. Marion m'avait prévenue dès le premier jour. C'est dix minutes, trois fois par semaine. Tu y vas. Je ne veux pas d'une co dégueulasse. Tu te laves. J'ai du savon à te passer. De toute façon on y va toutes les deux.

On nous a accompagnées jusqu'au bout du couloir. La surveillante a ouvert la porte sur un réduit comportant trois douches. Je me suis déshabillée mais j'ai gardé mes sous-vêtements comme Marion m'avait ordonné de le faire. L'eau était tiède, glissait sur moi, j'aurais pu purger ma peine là-dessous. Mais ça s'est tari.

22

DOLORÈS

Nous avons quitté le bar, marché dans la nuit rose de Pigalle. Zuazo a allumé une autre cigarette, inspiré une énorme bouffée, comme un oxygène pur.
— Je vais t'aider. J'ai largement de quoi t'aider. Avant que la cause ne finisse par s'étouffer d'elle-même comme un feu mal entretenu, les camarades faisaient transiter du pognon par moi. Des grosses sommes en liquide. Quand les accords sont arrivés, personne n'est venu réclamer l'argent. J'ai des liasses qui dorment sous mon matelas. J'ai l'impression que l'argent de l'impôt révolutionnaire va finalement servir à une vraie révolution. Tu peux considérer ça comme un genre d'héritage. Tu auras de quoi tenir le temps qu'on trouve une solution. Je vais te trouver une crèche aussi. Un vieux prêtre, ça te débrouille les choses facilement.

Il a jeté sa cigarette, l'a écrasée, m'a considérée un instant, enveloppant.

— Je crois que ton grand-père serait rongé par la jalousie. Il a été amer toute sa vie. Il regrettait d'être né trop tard pour faire la guerre d'Espagne, ses parents avaient combattu jusqu'à la chute de Barcelone, à la fin de la guerre civile, après avoir fui Málaga.

— Je connais l'histoire, j'ai répondu, je sais tout ça. Le sentiment que la lutte existait toujours, que le fascisme espagnol pourrait malgré tout être mis à bas, l'espoir dans la lutte du peuple basque, l'arrivée à Bilbao pour en découdre, la clandestinité, l'attentat, le départ pour la France. Il n'y a rien de secret dans tout ça. Je suis même au courant pour l'opération, pour Varela. Il ne l'a jamais racontée, mais ma grand-mère, elle, me l'a dit quand j'ai eu l'âge de comprendre qu'on pouvait tuer dans certaines circonstances. Il a été vénéré par sa femme et craint par sa fille, comme un véritable héros. Il était tellement fier de lui-même. Tu n'es pas venu à l'enterrement. Tu aurais dû voir ça.

Pedro a levé les yeux au ciel. Un moment d'exaspération incontrôlée. Puis il s'est repris. A remis son visage en ordre, offert à nouveau sa tête de vieillard inoffensif.

— Quand il est parti, c'est moi qui ai dû prendre en charge les funérailles, vu que j'étais la seule de la famille encore en vie. J'étais prête à le coller à la fosse commune mais, évidemment, ce vieux con avait tout prévu, un genre d'assurance sur la mort. J'ai trouvé dans ses papiers l'adresse des pompes funèbres qu'il avait choisies pour ses obsèques, c'était à deux pas de chez lui. J'y suis entrée avec la tête de circonstance, le visage un peu forcé du deuil, contrit. Les bureaux faisaient penser à une agence de voyages. Un jeune mec en costume cintré m'a accueillie. Sa mine était à peine grave. J'ai indiqué le nom du vieux. Il a fait courir sa souris sur le petit tapis au logo de la boîte, a rapidement retrouvé le dossier et d'une voix claire et ferme, sans hésitation, m'a énuméré les choix déjà faits par le vieux pour le jour où on le pleurerait. Tout était prêt, une cérémonie qui dégueulait de symbolique antifasciste. Il se voyait en Che Guevara. Je n'ai touché à rien, rien modifié.

Alors que je racontais ça à Pedro, m'est revenu l'instant où j'ai quitté le croque-mort au costume cintré. En sortant, un vent frais était venu caresser mon visage. Mes poumons s'étaient remplis d'un bloc. J'avais erré dans les rues sous un petit crachin piquant, triste comme un livre oublié sous la pluie. Un drôle de moment de grâce. Pedro s'est assombri de nouveau. Colère sur le vénérable voile blanc de son regard.

— Il n'a jamais eu la moitié de ton courage, a-t-il craché entre ses lèvres pincées. Viens, on se presse un peu, je commence à avoir froid.

Pedro m'a conduite dans son deux-pièces cuisine tout en haut de la rue des Martyrs. Il soufflait fort mais semblait ne pas trop souffrir de la montée.

— Mon appartement est rattaché à la paroisse du Sacré-Cœur, il m'a dit. Le grand âge c'est celui des compromis, il a ajouté avec un sourire d'excuse.

— C'est celui des renoncements, je lui ai répondu.

Il n'a pas compris le ton de ma réplique. Il m'a gratifiée d'un petit rictus.

— J'habite en face de Chez Michou. J'y vois au moins un peu de dérision. Tu sais, je ne suis plus le curé de personne, je n'ai plus de paroisse, plus rien. L'infini et l'éternité aujourd'hui, même pour l'Église, il faut qu'ils soient sécables, comme des comprimés, faciles à avaler. Alors qu'ils sont à prendre d'un bloc, sur la figure, qu'il faut qu'ils nous écrasent. Je me fais une autre idée du divin. C'est pareil pour la révolution. Soit c'est une transcendance, soit ce n'est rien que la recherche du confort personnel. Aujourd'hui on préfère ça, la poursuite du confort. Je ne suis plus vraiment fait pour ce monde.

L'appartement se trouvait au premier étage. Un escalier étroit, odeur d'encaustique, des murs grêlés. Des relents persistants de chou-fleur. Quand il a ouvert la porte, le chien était dans son panier. Un gros chien noir au pelage bouclé. Il n'a pas bougé, s'est contenté de lever la tête pour nous signifier qu'il avait noté notre arrivée. La pièce était sombre, le papier peint d'un autre âge, orange et marron aux motifs psychédéliques des années 1970. Un fauteuil en velours marron, lui aussi, à fleurs brodées, trônait près de la fenêtre. La moquette grise portait quelques trous de cigarette. Elle était si usée qu'elle semblait avoir été tondue.

— C'est lui, mon tripode, a lancé Pedro en désignant l'animal.

Pedro m'a montré le canapé, aux pieds rongés par le chien.

— Tu veux boire un verre ?

J'ai acquiescé et il est revenu avec une bouteille de vin rouge entamée et deux verres. Il a traîné sa vieille charpente jusqu'à une caisse remplie de vinyles et en a tiré le 33 tours de *Como el agua* de Camarón de la Isla. Il me l'a montré comme on soulève une relique devant un parterre de fidèles. Sur la pochette, le jeune gitan à la peau de cuivre, t-shirt bleu, casque sur les oreilles, devant un micro, d'une main saluait la vie. Puis il a tiré le disque de sa pochette avec une immense précaution avant de le poser sur une vieille platine. Après quelques craquements, la guitare enfiévrée de Paco de Lucía s'est mise en route. Et puis la voix de Camarón, comme cette chemise gitane que l'on déchire aux mariages

Limpia va el agua del río, como la estrella de la mañana.

— C'est la seule chose que l'on partageait vraiment avec ton grand-père. L'amour pour cette musique. Quand il m'arrivait encore de venir vous voir, on passait des heures à en écouter en sirotant silencieusement notre verre de brandy. Il m'a même initié au *martinete*, le flamenco de la forge. La pureté d'un chant de rocailles.

— Oui, il m'a élevée là-dedans. Il aimait ça, le bruit de la souffrance des hommes, son expression. Il m'a légué ça, le goût pour les tourments des pauvres. Il pleurait devant les films de Ken Loach, ce con. Et moi aussi. Tu n'imagines pas à quel point mes attendrissements me dégoûtent aujourd'hui.

Pedro a gardé le silence un bref instant. Il avait l'air de ravaler quelque chose, un crachat qui lui brûlait les lèvres. Puis il a fait un geste de la main, comme s'il chassait une mouche.

— Si je t'aide, ce n'est pas en mémoire de ton grand-père. Mais parce que ce que tu fais est utile. Ton vieux, c'était autre chose. Pour lui, tuer un fasciste c'était comme planter un arbre ou écrire un livre, un truc qu'il faut avoir fait une fois dans sa vie. Un héritage familial. La cause nationaliste ne l'intéressait pas.

— Aucune cause ne m'intéresse, moi non plus. Encore moins les causes nationalistes.

Il a continué comme si je n'avais rien dit. Il ne voulait pas entendre.

— C'étaient les seules qui étaient encore valables à l'époque. L'histoire nous a confisqué tout le reste. Le putain de confort capitaliste avait déjà tout bouffé. La révolution ne passait plus qu'à la télévision. Le confort avait commencé à remplacer le fascisme. Toi c'est le confort que tu combats. Pour tous.

— Je ne suis pas une héroïne du peuple. Il faut que tu comprennes ça, Pedro, j'ai insisté. Toi, tu te projettes. Tu as sans doute rêvé que tes derniers mots soient "Messieurs, ce fut un honneur de combattre à vos côtés" et tu comprends aujourd'hui que tu crèveras en appelant l'infirmière dans un hospice, une couche pleine de merde au cul. Moi, la lutte, ça ne m'intéresse pas, Pedro. Je ne veux pas de cette image qu'on m'a collée.

Pedro s'est assis. Ses veilles articulations ont émis un craquement de branche d'arbre. Il a exhalé un petit soupir.

— Ce que tu fais te dépasse. C'est à l'histoire de te juger.

Je me suis assise sur une chaise dont la paille s'effilochait aux rebords, le chien a fini par se lever pour venir voir qui j'étais. Il a claudiqué lentement puis a posé sa tête aux babines blanchies sur mes genoux. Il bavait un peu, son regard réclamait la tendresse d'une main flattant son gros flanc de bête. J'ai tapoté le ventre du chien. Satisfait, il a fait demi-tour et, de son étrange démarche, est allé se recoucher dans son panier.

— Le tripode t'a adoptée, tu peux rester, m'a dit Pedro. Tu dormiras avec moi dans mon lit. Ne t'inquiète pas, je n'ai pas bandé depuis au moins Vatican II.

J'ai rigolé doucement. J'étais fatiguée. Je voulais simplement m'allonger et dormir, ne plus penser à tout ça. À peine couchée, j'ai été engloutie par un sommeil poisseux comme une nappe de pétrole.

23

ANTOINE

— Savez-vous ce que sont les *fatbergs*, monsieur Petit ? De gigantesques blocs de graisse qui obstruent les égouts. Chaque année, dans les souterrains qui courent sous les grandes capitales du monde, des indigents meurent, avalés par ces monstres de graisse visqueuse.

J'ai jeté un regard dubitatif à Dolorès avant de taper rapidement sur le clavier de mon ordinateur pour faire une recherche. J'ai relevé la tête en arborant un sourire moqueur.

— J'ai vérifié, on n'a jamais recensé un seul mort dans ces *fatbergs*.

— Vous n'avez pas compris ce que je voulais dire.

La surveillante est venue chercher Dolorès, la pénible séance du jour était terminée. Elle m'avait encore servi son discours moralisateur et ses digressions sur les hommes, leur pouvoir et le capital, dans une bouillie qui m'usait et n'aurait pas fait avancer mon expertise s'il s'était agi d'une véritable expertise. Son insistance à considérer que le pouvoir des hommes trouvait sa source dans le viol, la domination par le viol ou la peur du viol avait produit un soupir que je n'avais pas su contenir. Le monde était absolument, complètement et totalement pourri. Oui, d'accord.

Dans le jour mourant, j'ai décidé de retourner au bar où se trouvait Chloé, adossée au percolateur, pianotant sur son téléphone. Le vieux au chien noir de la dernière fois était là lui aussi, sirotant un verre de vin. Cela faisait déjà un moment que j'étais arrivé dans la vallée, je m'emmerdais ferme le soir, tout seul devant le vide des montagnes. Elle m'a reconnu, n'a laissé transparaître aucune émotion. Je n'étais qu'un élément de plus au paysage. J'ai commandé un verre de rhum qu'elle m'a servi sans sourire. J'ai sorti le livre de mon sac et l'ai tendu à Chloé.

— C'est pour vous. C'est à elle que vous me faites penser.

Elle a pris le livre en main, l'a retourné, a compris.
— Ah, les nénuphars. Je vois.
Sans se préoccuper du vieillard, elle m'a dit
— Vous avez envie de me baiser à ce point ?
Le vieux a laissé échapper un petit rire caillouteux comme un chemin de garrigue. J'ai rougi, ne me suis pas lancé dans une explication.
— J'avais juste envie de vous l'offrir, c'est tout.
Le chien du vieux a gémi, s'est levé, a collé sa truffe dans les jambes de son maître. L'homme est allé lui ouvrir la porte pour qu'il sorte se soulager. Je n'ai pas pu m'empêcher de regarder la claudication un peu bouffonne de l'animal.

— Il a été percuté par une voiture, m'a expliqué le vieux. Il a failli en crever. Et je n'ai pas pris un chien pour le perdre si tôt. Je l'ai acheté peu de temps après le début de ma retraite. Vous savez, je ne l'ai pas vue passer, la vie. Alors j'ai pris un chien. Un chien c'est une vie en accéléré. Ça fait une douzaine d'années que je le regarde vieillir, que j'observe comment petit à petit il s'approche de la mort. Je regarde son temps défiler puisque je n'ai pas pu regarder le mien.

J'ai porté à nouveau mon verre à mes lèvres. Je laissais l'homme parler, Chloé n'écoutait pas, elle tapotait sur son téléphone portable, montrant ostensiblement son désintérêt pour le monologue du vieillard.

— Vous savez, moi, j'aimerais mourir assez tôt pour ne pas qu'on se plaigne du froid le jour de mes obsèques, que les yeux pleurent un peu, ou au moins qu'ils ne soient pas tout à fait secs. Parce qu'au-delà d'un certain âge, les années de vie gagnées sont des années de perdues dans les mémoires.

J'ai opiné vaguement du chef en commandant un troisième verre. Le rhum commençait à me réchauffer. Deux gorgées et j'en avais terminé. J'ai tripoté la boîte en métal au fond de ma poche. Mes doigts étaient plus nerveux que moi. Le vieux a sorti son paquet de cigarettes, m'en a proposé une que j'ai refusée. Il a avalé son verre d'un trait avant de sortir la fumer. Il me regardait à travers la vitrine du bistrot. Puis il est entré à nouveau avec le chien.

— Vous êtes de passage, il m'a demandé une fois de retour au comptoir.

— Oui, j'ai une mission au centre de détention.

— Et vous faites quoi dans la vie ?

— Je suis psychiatre.

— Ah, un dingologue, je ne suis pas fan.

Je n'ai pas répondu, pas formulé de défense de ma profession, juste jeté mes yeux dans les nénuphars de Chloé. Il avait un mince accent, indéfinissable.

— Vous êtes italien ? Ce petit accent, ça vient d'Italie ?

Il a laissé passer un temps avant de répondre.

— Oui, c'est ça, bien vu, il a lâché en souriant. Pietro, il m'a dit, en me tendant la main. Moi aussi, je passe.

Il a réglé son verre, a fait signe au chien qu'il était temps de partir.

— J'imagine qu'on se reverra, les distractions ne sont pas très nombreuses dans le coin.

Puis il est sorti, son étrange chien clopinant derrière lui. Une fois le vieux dehors, Chloé m'a dit

— Je termine mon service dans une heure. Ne venez pas me chercher, je vous ai vu sortir du studio, je sais où il se trouve. Je vous rejoindrai.

Elle a dit ça avec un détachement presque vexant. J'ai éclusé mon rhum, laissé un billet sur la table avant de quitter le bar, le pas traînant.

24

DOLORÈS

Ça a duré quelque temps. Pedro sortait le chien de bon matin, pas trop longtemps. Il le prenait dans ses bras pour descendre l'escalier de peur que l'animal ne se casse la figure et ne dévale les marches sur sa bonne gueule de vieillard aux crocs élimés. Moi, je restais enfermée, regardant la télévision, pas trop fort pour ne pas emmerder les voisins dont les âges canoniques me faisaient craindre plainte, rumeur ou dénonciation. Les vieux aiment appeler les flics, ça les occupe. Les images que me balançaient les chaînes d'info en continu étaient toujours les mêmes depuis plusieurs semaines maintenant. La vidéo passait et repassait. Les meurtres étaient devenus de plus en plus fréquents. Il y en avait jusqu'à un par semaine. Les hommes blancs riches tombaient comme des mouches, ventres percés, laissant couler le jus épais de leur pouvoir. Ce sang si riche, si gras qu'il aurait nourri une famille entière. Les médias ont peu à peu arrêté de voir ma patte dès qu'un porc se faisait égorger ou émasculer. Ils ont fini par admettre que ça se répandait, que ça dégoulinait de rage, que je n'étais pas seule. Et la méfiance s'est mise à régner. Une psychose.

— Les hommes vont arrêter de bander, m'avait dit Pedro un soir. Si ça se trouve, c'est ça la réponse. Que les hommes arrêtent de bander.

J'avais répondu par un haussement d'épaules.

Parfois, je craignais qu'ils ne finissent par remonter jusqu'à Pedro à un moment ou un autre. Il fallait que je parte, que je laisse le vieux à ses rêves de révolution, de grand soir, à sa barbe blanche qui disait sa fin. Avec un peu de chance, il mourrait avant que tout cela ne s'éteigne, avant que l'ordre ne redevienne l'ordre, que la révolte ne crève sous une avalanche de cailloux. Pedro, lui, me disait de ne pas m'inquiéter, qu'il était difficile à trouver. L'appartement n'était pas à son nom, il ne possédait qu'un malheureux téléphone antédiluvien. Il n'était qu'un vieillard traînant sa chevelure blanche dans les rues de Pigalle. Une silhouette dans la ville. Sa placidité me donnait l'impression qu'il désirait peut-être se faire prendre comme complice. Que son combat soit enfin reconnu. Tomber sous les balles des flics, lui qui, contrairement à ses camarades, s'était sauvé avant de subir la torture franquiste. Dans le fond, c'est tout ce que veulent les révolutionnaires, mourir criblés par des balles ennemies.

Je suis restée comme ça, me nourrissant de ce que Pedro m'apportait. Je ne m'habillais plus, ne me lavais que de façon épisodique, je me flétrissais. Jusqu'au soir où ça a été trop fort. J'ai dit à Pedro je sors, je n'en peux plus d'être ici, entre ces murs, à regarder le monde défiler à la télé. Il ne m'a pas retenue. Il savait sans doute comment ça allait se terminer. Je crois même avoir vu ses yeux briller un bref instant, une lueur d'aube.

Puis, pendant quelques semaines, j'ai tourné en rond le jour, couru la nuit. C'était comme un appel. Au moment où le ciel mettait sa cape noire sur ses larges épaules, je m'habillais court, me maquillais trop. Je voulais que, dans le regard des hommes, le mot pute apparaisse comme une enseigne au néon. Que leurs yeux soient ceux d'un démon ivre, que cette lumière s'éteigne dans une surprise d'enfant pris au dépourvu. Ils n'étaient beaux que lorsqu'ils étaient fragiles, à la toute fin, lorsque la colère laissait place à la résignation. La méfiance générale rendait la chasse difficile. Au moindre soupçon de la part de mes proies, je finissais mon verre et quittais le bar, laissant le type avec cette question en suspens : salope ou meurtrière ? Quand je rentrais, épuisée, le corps mou, vide, Pedro se réveillait. Son sommeil avait la légèreté d'une plume de mésange. Dans le noir, je savais qu'il me regardait mais il ne disait rien. Quelques mouvements lents et arthritiques puis il se rendormait.

Ça ne pouvait évidemment pas durer. Un matin, j'ai annoncé à Pedro
— Il faut que je parte. Il faut que je m'en aille, je vais me faire prendre. Ils finiront sûrement par m'avoir mais pas tout de suite, pas maintenant. Je veux vivre un peu. Pas beaucoup. Juste le temps encore d'attraper quelques bribes de vent entre mes mains, regarder l'eau glisser au milieu de la ville, sentir le parfum de l'herbe sous la pluie. Je vais partir, Pedro. Tu sais, ils me tueront. Ils ne s'embarrasseront pas d'un fardeau comme moi. Ils me tueront et ils tueront les autres. Ils passent leurs vies à nous tuer.

Pedro n'a pas bronché. Il s'est levé de son fauteuil, craquant comme un antique gréement, s'est dirigé vers la commode et a tiré un carnet écorné d'un tiroir.

— Prends un train pour Lyon et appelle à ce numéro quand tu arriveras. Tu dis que tu viens de ma part. On ne te posera pas de questions.

— Il faut que je change mon apparence. Au moins un peu, quelque chose.

Pedro m'a donné quelques billets et m'a indiqué un magasin d'électroménager à quelques rues de là. J'ai acheté une tondeuse, coupé mes cheveux en brosse. Je les ai teints en blond platine. J'ai aussi fait les sourcils. Je ressemblais à la gamine du bar le jour de mon premier rendez-vous avec Pedro. En plus vieille. En plus marquée. Et ma tristesse à moi était sans espoir.

25

ANTOINE

Une heure et demie plus tard, Chloé a frappé à la porte du studio. J'avais balayé les mouches au sol. À cette altitude, elles ne survivent pas bien longtemps. Comment et pourquoi arrivent-elles jusque-là ? J'ai regardé par la fenêtre déjà enstellée de givre. Un brouillard de roman gothique avait enveloppé les montagnes jusqu'à les rendre invisibles. Le paysage n'était plus qu'un voile blanc fantomatique. Chloé avait une bouteille de vin à la main. J'ai ouvert et me suis effacé pour la laisser entrer. Elle a jeté un regard circulaire, a posé la bouteille sur la table et m'a pris la main pour m'entraîner jusqu'au lit. J'ai suivi sans un mot. Les nénuphars prenaient racine dans son ventre.

Quand nous avons fini, j'ai ouvert la bouteille de vin et proposé une trace qu'elle a acceptée sans rechigner. En relevant la tête, elle a lâché tu es un drôle de mec. Quand tu baises, c'est comme quand tu parles au bar, tu veux être dessus et dessous à la fois. Tu réclames comme un chien et tu snobes comme un chat. Une curiosité.

Ça n'appelait pas de réponse, alors je suis resté muet. Chloé a de nouveau balayé le studio du regard. Mon ordinateur était ouvert, j'étais au milieu d'un message à Zélie à son arrivée. Elle a jeté un œil.

— Tu écris à ta gonzesse ? Je m'en fous que tu aies une gonzesse, je ne te propose pas l'amour. C'est quoi, ça ?

Elle a pointé une phrase que j'avais écrite : le pouvoir c'est le viol.

— Rien. Enfin, un truc que m'a dit la personne sur qui je travaille à la maison d'arrêt. Ça m'a fait rigoler.

Chloé m'a regardé bizarrement.

— Moi je ne trouve pas ça drôle. Bien sûr que le pouvoir, ça passe par le viol. Le cul et le viol, c'est trop souvent la même chose. Tu m'as pas l'air assez con pour ne pas savoir ça. Le pouvoir ça voudrait soi-disant faire le bien, mais ça fait toujours le mal. Moi, je ne crois pas au bien, je crois à la bonté.

J'ai souri.

— Il y a un personnage dans un bouquin qui dit exactement la même chose que toi. Un Russe.

— Tu veux vraiment faire de moi un personnage de roman.

J'ai avalé mon verre et ai renoncé à la reconduire au lit. Je me suis resservi à boire, je lui ai proposé, elle a dit oui sans enthousiasme. Une heure plus tard, elle s'enfonçait dans la nuit, démarche de grenadier, curieusement sobre.

26

DOLORÈS

Les séances se sont enchaînées rapidement. Il me faisait cracher des banalités, raconter l'écume. Il questionnait sans creuser. Je me demandais si c'était un mauvais psy ou s'il se fichait vraiment de ce que je pouvais bien répondre.

— Vous cherchez quoi au juste ? Un traumatisme, un trou noir originel ? Vous avez vraiment besoin de ça ? J'ai eu un chien qui payait ses conneries à coups de ceinturon. Mon grand-père lui mettait des raclées atroces. La bête hurlait. Chaque fois qu'il pissait dans l'appartement, mordillait les pieds d'une chaise, piquait un morceau de viande laissée par ma grand-mère sur la table de la cuisine, c'est une violence inouïe qui se déchaînait contre lui. Je m'en moquais un peu à vrai dire. C'était normal de dérouiller le chien. Comme quand on me dérouillait moi, c'était normal. Ma mère, elle cognait dur, elle aussi. Mais sans accessoire, juste une main ouverte, plate, qui rendait un son clair en venant claquer sur mon visage. Puis le bruit mat quand, après la première gifle, les coups tombaient, désordonnés, sur une tête que je protégeais. Mais ce que je vous raconte, c'est la banalité d'une éducation méditerranéenne dans les années 1980. On a mis du temps à comprendre que c'était mieux de ne pas tabasser les gamins, beaucoup de temps avant d'en faire un crime. Alors oui, j'ai pris des coups, le chien aussi, vous pouvez mettre ça dans mon dossier. Insistez bien sur le chien.

Il a noté un vague truc sur son carnet. Ne s'est pas agacé.

— Est-ce que vous voulez bien me parler un peu plus de votre enfance ?

— Elle va vous paraître exotique.

— Exotique ou pas, elle est essentielle à ce que nous sommes en train de faire ici.

— Je ne suis pas sûre de vraiment comprendre ce que nous sommes en train de faire. Mais soit. J'ai grandi avec ma mère et mes grands-parents, vous le savez. Ils sont tous morts aujourd'hui, dans le désordre. D'abord ma grand-mère, puis ma mère et enfin le vieux. J'ai grandi dans un quartier de sous-prolétaires. Longtemps j'ai cru que cela avait à voir avec les convictions politiques de mon grand-père. La réalité c'est que nous n'avions tout simplement pas les moyens de vivre ailleurs. Le lumpen que les gens comme vous appellent bigarré, je l'ai côtoyé, m'y suis mêlée sans jamais pourtant avoir le sentiment d'y appartenir. J'ai donc grandi dans un quartier que les bourgeois considéraient comme dangereux. Et il l'était d'une certaine façon. Je me souviens de ce jour où, avec ma mère et ma grand-mère, nous avons attendu le retour d'usine de mon grand-père. Les heures passaient, la tension montait, l'inquiétude s'installait sur les visages des deux femmes. Personne n'avait le téléphone dans le voisinage et, quand bien même, nous n'aurions pas su qui appeler. Après de longues heures, deux flics sont venus frapper à la porte, dans la soirée. Mon grand-père était à l'hôpital. Il s'était fait agresser à quelques dizaines de mètres de la maison. Un type lui avait donné un coup de barre à mine sur la tête, il avait survécu par miracle. Lorsqu'il est rentré, quelques jours plus tard, l'air désolé, il avait la tête enturbannée comme un fakir de music-hall. Au bout de quelques semaines, les flics ont arrêté le gars qui avait fait ça. Il avait fait subir la même chose à une vieille dame du quartier qui avait la tête moins dure que celle de mon grand-père. Elle était morte. Le type ne lui avait rien volé à elle non plus. Il n'était que fou. La folie, on la croisait souvent par chez nous. Dans ces cours borgnes aux pavés défoncés, dans ces appartements qui tombaient en ruine, dans ces cages d'escalier rongées par la lèpre du temps et de l'abandon. J'ai grandi au-dessus d'un foyer de travailleurs africains. Mes premiers copains étaient manouches. Je crois que je n'ai pas eu les mêmes jeux que tous les enfants. C'était un genre de cour des miracles. Les seuls Français que l'on trouvait dans ces vieux immeubles aux façades bouffées de pelade étaient généralement des petites frappes et leurs familles. Des familles souvent laissées sans ressources par le séjour en prison du père. Moitié du temps au placard, moitié du temps à fomenter les coups petits bras qui l'y renverraient. Des prolétaires du crime. Les voyous aussi ont leur lumpen.

J'ai cru voir les yeux du psychiatre changer. J'ai cru voir un attendrissement, une saloperie d'enthousiasme. C'était laid. La colère m'a saisie.

— Vous voulez mon enfance ? Mais vous ne voulez que son histoire. Vous ne désirez qu'un ordre chronologique. Ce qui a fait de moi ce que je suis, c'est ce que je ne peux pas dire. Qui peut dire ces yeux, cette fatigue que représente le simple fait d'exister, d'exister comme un chiffon que l'on use jusqu'à voir la trame du tissu. On ne peut pas dire l'épuisement d'une vie qu'une autre viendra remplacer sans que personne ne s'aperçoive de rien. Ces vies flaques qui éclaboussent à peine. Savez-vous le courage qu'il faut pour sortir du lit ?

La séance s'est terminée là-dessus. La surveillante est venue me chercher, m'a menottée avant de me dire on ne rentre pas en cellule, vous avez un nouvel interrogatoire. On va directement au parloir.
Je me suis arrêtée un court moment pour lancer un regard au psy avant de sortir. Je me suis demandé ce qu'il pensait de tout ce que je lui racontais. Les expressions de son visage variaient imperceptiblement quand je lui parlais. Puis j'ai décidé que, dans le fond, je m'en foutais. J'ai repris la marche vers la porte, la surveillante juste derrière moi.

Au parloir, mon avocate, avec sa tête blonde et ses lèvres roses était là. Toujours commise d'office. Aucun ténor du barreau pour reprendre l'affaire. Je ne savais pas trop ce qu'il fallait en déduire. On m'a placée devant un écran allumé. Une caméra juste au-dessus de l'ordinateur. Les deux flics attendaient de l'autre côté, à des dizaines de kilomètres de la prison, quand je me suis installée. L'avocate n'a pas eu le temps de me donner de consignes. Elle était nerveuse. Sa petite voix a fait quelques embardées quand elle s'est adressée aux flics. Les deux types avaient un ordinateur portable devant eux, qu'ils ont retourné vers leur caméra. Figée, une image que je connaissais. Que tout le monde connaissait. Le début de la vidéo de surveillance.

Derrière le casino. Près du lac. La lumière dégouline tant sur le bâtiment qu'elle assombrit l'extérieur. Les gars n'ont rien dit. Ils se sont contentés d'appuyer sur démarrer. Une image d'écran sur un écran, impossible de voir correctement. L'avocate a protesté. Pas des conditions pour soumettre une pièce à charge à sa cliente. Les flics n'ont pas répondu. La vidéo a mis du temps à démarrer.

Le lac, en arrière-plan, dessine des cercles argentés. Un homme, une femme s'avancent. L'homme porte un costume de belle coupe. Il titube. La femme le tient par le bras. Ils s'arrêtent. On les voit de profil. L'angle de la caméra empêche de distinguer très clairement leurs traits. L'homme attrape les seins de la femme. Il passe sa langue sur sa joue. La femme ne le repousse pas. Il agrippe ses fesses et continue de lécher son visage. Il essaie de remonter sa jupe. Ses gestes sont frénétiques, urgents. Elle s'écarte légèrement. Semble le repousser sans violence. Il l'agrippe à nouveau d'une main pendant qu'il fouille la poche intérieure de sa veste de l'autre. Il en sort son portefeuille, gros comme un crapaud enceint, qu'il brandit. La femme glisse la main dans son sac. Elle en sort un couteau de cuisine qu'elle plante dans la gorge de l'homme. Puis c'est dans le ventre. L'homme ne tombe pas. Il émet des petits tremblements grotesques, sa main toujours accrochée à son portefeuille. La femme le pousse. Il est à terre. Elle déplie ses doigts pour s'emparer du portefeuille qu'elle ouvre. Elle en extrait une grosse liasse de billets. Elle desserre la bouche de l'homme qui semble être déjà mort. Elle y enfonce la liasse, elle pousse, assez loin. Elle fouille les poches de l'homme, en ressort une clé. Lorsqu'elle se lève, des taches sombres médaillent sa robe. Elle quitte le lieu du crime.

— La vidéosurveillance vous montre sur le parking, quelques minutes plus tard, a dit l'un des flics. Vous avez pris la voiture de votre victime pour quitter les lieux.

L'avocate m'a fait signe de ne pas répondre.

Je me suis tue.

27

ANTOINE

De nouveau un retour à Paris. J'avais décidé de ne pas rester traîner les week-ends dans ce trou perdu au cœur des montagnes. Le risque d'introspection était trop grand. Il me fallait autre chose, de la vitesse, de l'éparpillement, oui, être éparpillé comme une poignée de confettis. J'étais ça, c'était ça que je voulais être, une poignée de confettis. J'ai retrouvé Zélie chez elle, dans son petit appartement façon bonbonnière sur une place de village du 14e arrondissement. Elle m'a parlé vaguement de sa semaine, de son travail où elle se flétrissait un peu plus tous les jours. Elle comprenait bien que je me foutais éperdument de ses histoires de machine à café, des petites rumeurs des espaces détente. Elle s'en foutait aussi, dans le fond, mais elle n'avait pas grand-chose d'autre à raconter. Elle m'a vu soupirer et a répondu à ce soupir de manière attendue. Elle m'a dit viens, demain matin on prend ma voiture, on va dans un endroit débile pour y passer la nuit. J'ai dit OK. Où ? Elle a ouvert son téléphone, cherché une ville à moins de deux heures. Soissons. C'est débile Soissons. On y va. Je ne voyais pas ce que cette ville avait de débile, mais j'ai suivi.

Le lendemain matin, après une soirée calme de couple dévoué au panthéon de la médiocrité, plaid, Netflix, sexe sous une couverture épaisse, nous avons rassemblé quelques affaires. Zélie avait retenu un appartement pour la nuit et nous sommes partis. Arrivés en milieu d'après-midi, trop tôt pour nous installer, nous avons déambulé dans les rues. Curieusement pleines de majesté, pesantes d'histoire. Nous avons bu un café avant de reprendre la voiture pour rejoindre notre point de chute, en dehors de la ville. Une maison dans la forêt. Le vert était profond, la nature était grave. Comme si elle avait conscience du temps qu'elle avait, de sa responsabilité, qu'elle nous regardait comme des éphémères. Nous avons déposé nos affaires puis sommes partis marcher. Mes chaussures s'enfonçaient dans une boue grasse et noire. Zélie parlait à peine, respirant l'odeur de moisissure qui montait de la terre. Elle m'a dit viens, on se fait chier, on rentre. La nuit tombait doucement, pernicieuse, elle s'infiltrait entre les arbres qui étiraient leurs bras, chatouillaient le ciel. J'ai décrotté mes chaussures avant d'entrer dans l'appartement, dépendance ultra-confortable d'une maison de maître. Puis j'ai proposé une trace à Zélie avant de quitter les lieux pour aller dîner en ville. Elle l'a refusée, m'a dit pas maintenant. Plus tard sans doute, mais pas maintenant. Tu es trop pressé.

Zélie avait repéré un restaurant marocain dans la ville. Nous avons repris la voiture, louvoyé dans les rues de Soissons sous une pluie molle avant de nous retrouver, à la limite extérieure de la cité, devant un bâtiment bas aux murs crépis, ressemblant à s'y méprendre à un gros pavillon de banlieue. Un petit parking. La climatisation accrochée à l'extérieur, une machinerie crue, brutale, laide, comme si l'on avait éventré un appareil électrique. De l'autre côté de la rue, une station-service si fermée qu'on y distinguait des fantômes. La pluie clapotait sur la tôle ondulée qui protégeait des pompes rouillées et hors d'usage.

Nous sommes entrés dans le restaurant, *Mille et Une Nuits* en carton, moucharabiehs sans patine. Un hangar transformé en riad par la magie de Maisons du Monde. Zélie a commandé du champagne, une bouteille. Le serveur, bonne bouille ronde et moustache fine, nous l'a apportée avec une cérémonie d'étoilé au Michelin.

— Je vais aux toilettes.
— Déjà ?
— Ça sera plus marrant.

Zélie a soupiré.

— On n'en parlera pas ce soir, mais il va falloir que tu freines là-dessus.
— Bien sûr.

J'ai déposé un baiser sur son front avant de partir. Quand je suis revenu m'asseoir à la table, le monde était beau et méprisable. J'avais envie de plaisanter avec le serveur, avec la table d'à côté, où trois quinquagénaires en goguette buvaient du rosé en ingurgitant un couscous royal. Elles riaient en éclaboussant leur table de semoule. Elles me rappelaient le Cookie Monster du *Muppet Show*. Zélie a suivi mon regard.

— Je vais en prendre aussi, passe-moi ce que tu as.

Je lui ai tendu la petite boîte métallique sous la table.

À son retour, elle arborait un sourire carnassier, poitrine gonflée. La bouteille de champagne était finie. Raisonnable, j'ai commandé deux coupes au serveur qui nous les a apportées avec le même empressement qu'auparavant. Nous avons chipoté sur le couscous, appétit coupé par l'alcool et la C.

— Allez, on se casse, j'ai dit.

La voiture nous attendait sur le micro-parking devant le restaurant. Et nous sommes partis vers le centre-ville à la recherche d'un rade. Zélie était sublime, ses cheveux tirés en chignon, ses yeux verts, mouchetés, plus vivants que jamais.

— Tu ne me dis rien d'elle. Tu la vois tous les jours et tu ne me dis rien.

— C'est une connasse. Il n'y a rien à dire. Elle marche au-dessus du monde. Elle est imbuvable. Elle est en permanente contradiction. Elle tient des discours qui feraient passer Trotski pour un bâton de guimauve et passe son temps à dire qu'elle ne comprend pas ce qu'elle a fait, qu'elle ne revendique rien.

— Toi aussi, tu marches au-dessus du monde.

— Moi, je me déteste pour ça. Et puis elle ment. Son histoire n'est pas alignée. Quelque chose ne va pas. Il manque une logique.

— Laquelle ?

— Je n'en sais rien. Dolorès, c'est une idée. Et l'humain qui va avec ne colle pas à cette idée. Mais je ne cherche pas vraiment de toute façon.

Nous avons trouvé un lieu où continuer à boire. Un bar aux néons bleus hurlant dans la nuit. Une musique rock brouillonne dégoulinait de dessous la porte. À l'entrée, un videur aux airs de biker que sans doute on surnommait Nounours nous a laissés passer sur un décor de bar *redneck* avec drapeau confédéré et guitares électriques aux murs.

Musique trop forte. Assis au fond, installés à une table ronde, nous avons commandé une nouvelle bouteille de champagne, repris une trace, avons parlé de la région avec le serveur et sa gueule de dealer, l'avons invité à boire un verre avec nous. Il parlait, parlait, parlait. Sa jeunesse difficile dans la grande banlieue parisienne, ses conneries, le désir de laisser tout ça derrière lui et de se poser dans un environnement plus sain.

— Je vais être à court. Tu ne sais pas si quelqu'un vend ici ?

— Moi. Retrouve-moi dans les toilettes dans cinq minutes. Tu as le cash ?

Zélie s'est marrée.

Nous faisions de plus en plus de bruit à mesure que le bar se vidait. Zélie avait tapé presque autant que moi. Elle s'est mise à danser au milieu de la salle, avec ce déhanchement si particulier. Elle était seule au centre, seule au monde, yeux clos. Les hommes, autour, n'existaient pas. L'un d'entre eux s'est approché, à peine, pour danser à ses côtés. Elle ne l'a pas regardé, partie qu'elle était dans son propre corps comme dans un pays étrange et fermé à tous. Personne d'autre n'a osé s'aventurer près d'elle. Assis, j'admirais cette beauté insaisissable.

Le pub a fermé, les promesses d'ivrognes ont fini de résonner dans toutes les gorges et nous sommes partis au milieu de la nuit. Le barman nous avait vendu une bouteille de champagne et laissé des gobelets en carton pour que la soirée ne s'arrête pas. La ville était éteinte. Nous avons trouvé un recoin près de la cathédrale pour finir notre noce. La tristesse commençait à monter en nous. Déjà, la fête avait dévoré la fête.

En rentrant, nous avons mis de la musique, Zélie a dansé pour elle, devant moi, nous avons éclusé nos verres et nous sommes effondrés.

Nous nous sommes réveillés après deux ou trois heures de sommeil tourmenté et nous avons quitté Soissons, son couscous, ses dealers et sa cathédrale. Tout cela serait oublié dès le lendemain.

Zélie a conduit tout le chemin du retour. Elle n'a pas mis de musique. J'étais recroquevillé sur le siège arrière. Vide. Avec l'âme qui voulait sortir tout entière par la bouche, avec les yeux secs comme un désert, avec l'impossible envie d'arracher toute ma peau à coups de griffes. La prévenance de Zélie pendant ces moments de descente m'était insupportable. Son hochement de tête compréhensif, sa façon de tout ramener à mon excès de la veille. Non, tu n'as pas envie de mourir, c'est la drogue, tu verras, demain. La bienveillance de Zélie était un sel sur mes plaies. Mais ton désespoir est réel. Elle m'a dit ça. Ton désespoir est réel, il s'accroche là où il peut, à la moindre aspérité, il attrape et ouvre grand ton ventre.

— C'est l'humanité avec sa gueule moche, Zélie. L'humanité avec sa puanteur, sa lèpre, son goût pour les poubelles que je ne supporte pas.

— Tu poses ton désespoir sur une branche différente chaque fois. Et tu blâmes la branche. Antoine, tu es traversé par autre chose.

Zélie m'expertisait. Ça aurait dû être cocasse. Ou me rendre furieux. Mais il n'y avait plus ni rage ni fureur. J'ai attendu. J'ai attendu une lueur. J'ai hurlé et geint en silence, j'ai pensé j'arrête. J'arrête la coke. Cette fois-ci c'est sûr, j'arrête. Zélie m'a déposé en bas de chez moi. Elle m'a lancé un sourire triste.

Elle savait que j'avais des réserves à la maison. De quoi faire redémarrer la machine.

J'ai monté, sac en bandoulière, les quatre étages. Ce dégoût, cette haine. J'ai ouvert la porte. Je ne me suis pas précipité sur ma cache. J'arrête, j'arrête, j'arrête. J'ai attendu le sommeil en espérant que l'armée de singes fous qui hurlaient dans ma poitrine finisse par faire silence. Je me suis lové sur le lit. J'ai pleuré de rage. Je ne comprenais rien, je ne savais pas pourquoi. Pourquoi ma peau était-elle si étroite ? Pourquoi j'avais envie de prendre feu ? Aucune raison. Juste la vie dégueulasse qui palpite et vrombit comme un essaim de mouches à merde.

28

DOLORÈS

C'était un de ces jours où Marion n'avait "plus d'essence" comme elle disait, où elle ne quittait pas le lit. Elle n'avait pas de marchandise à nous faire récupérer, donc pas de raison impérative de mettre son jogging luisant et d'aller dehors. Il ne fallait pas lui adresser la parole, ces jours-là, tenter de faire silence dans la cellule. Moi, ça m'allait, ces moments de solitude côte à côte.

Quand on nous a appelées pour descendre en promenade, j'ai pensé un moment rester avec elle et puis non, j'ai décidé d'aller respirer l'air de la montagne. Ils ne pouvaient pas l'empêcher d'entrer, lui.

À mon retour, elle s'était levée. Elle avait sorti ses instruments de cuisine et un bol en plastique. Elle m'a dit viens, tu vas m'aider, graisse les poêles pendant que je fais le mélange. Elle a sorti la plaquette de beurre de son garde-manger en même temps que le sucre, la farine, les œufs, le yaourt et une quinzaine de sachets de cacao que l'on nous distribuait au petit-déjeuner. Elle a vidé le yaourt dans le récipient et a utilisé le pot comme verre doseur pour le sucre et la farine, le cacao, puis elle a cassé les œufs d'une seule main et les a ajoutés à la pâte. Elle a battu le tout avec une fourchette avant de verser le mélange dans une des poêles qu'elle a posée sur la plaque électrique allumée. Elle a recouvert le tout avec la deuxième poêle. Dix à quinze minutes, elle a annoncé avec un sourire triste. Rapidement, une odeur d'enfance a commencé à s'élever dans la cellule.

Quand elle a considéré que le gâteau était cuit, elle l'a retourné dans la poêle du haut. Il était si lisse que nos regards même glissaient dessus.

J'ai trente-cinq ans aujourd'hui, elle a dit. Puis, contemplant le gâteau encore chaud, elle a ajouté elle est pas belle la vie. Sa voix n'induisait pas de point d'interrogation.

29

ANTOINE

Je n'étais pas remis de mon week-end quand j'ai franchi une nouvelle fois les portes du centre pénitentiaire. La surveillante m'a demandé mon téléphone, m'a donné mon badge et mon API, avant de tiquer sur ma tenue.

— Pas de sweat-shirt à capuche, monsieur, c'est la règle.

Je n'ai pas protesté. J'ai enlevé mon *hoodie* et je le lui ai laissé. J'ai eu du mal à le faire passer par l'étroite fente prévue pour les téléphones ou les ordinateurs portables. La scène était grotesque.

— La prochaine fois, pensez-y, je ne suis pas un vestiaire.

J'ai acquiescé. J'avais l'air d'un con en t-shirt. D'un touriste. Puis j'ai pris le chemin de l'unité sanitaire. Les couloirs étaient vides. Le silence menteur. Dolorès m'avait dit qu'en détention le bruit était insupportable. De ce côté-ci de la prison, il n'existait tout simplement pas. J'ai sonné, l'infirmière m'a ouvert. Je ne croisais jamais la psychiatre. Je me suis installé et j'ai attendu. Dolorès n'était pratiquement jamais à l'heure, la faute aux cheminements dans le centre. Les mouvements de détenus étaient réglés de façon qu'ils ne se croisent pas.

Cela rendait les déplacements compliqués, longs, aléatoires. Puis elle est arrivée.

Elle est entrée dans le bureau, le menton toujours fiché dans les cieux, des airs d'impératrice qui ignore les chaînes à ses pieds. Elle s'est assise face à moi, sourire narquois. L'ironie comme une nature profonde. La distance. J'avais en tête les meurtres supplémentaires, les types qui payaient mais ne savaient pas quoi.

— Qu'est-ce que ça vous fait, tout ça ?
— Tout quoi ?
— Ces autres femmes qui semblent reprendre votre flambeau, sans un quelconque discours politique construit.

Son visage s'est enflammé d'un coup. Combustion froide. Spontanée.

— Voyez cette peau, si elle est lisse. Regardez si elle ment. Elle cache les rides, les creux, les bosses, les plis accumulés au fil des vies. Juste en dessous se trouvent toutes les nervures, tous les sillons, toutes les rigoles, toute l'érosion, tout l'épuisement du monde. Ne vous fiez pas à ma peau. Si vous pouviez m'ouvrir le ventre, vous verriez tous les désespoirs se répandre à terre, un liquide aux odeurs de merde. Vous ne comprenez pas. Un discours politique construit. C'est une connerie. Il n'y a que des cris. Ce corps, le corps des femmes est un palimpseste des gestes, des douleurs. Ça n'use pas le corps, ça l'écrit. Et quand il meurt, le corps, ces gestes, ces afflictions restent là, enfermés comme dans un livre poussiéreux. Les hommes de votre espèce avancent toujours avec le soleil dans le dos. Ils croient que cette ombre élancée qui s'étale à leurs pieds, c'est eux. Les hommes marchent dans un costume trop grand qu'ils pensent être à leur taille. Et les femmes marchent toute leur vie sous un soleil de midi, implacable, qui les punaise à leur place.

— Je ne me reconnais pas dans ce que vous racontez.

J'ai ressenti un agacement puissant. Et son rire comme un grincement.

— Vous êtes déjà arrivé à l'âge où un homme commence à combattre son ventre. ça se voit. Vous passez tous par là. Généralement, c'est le ventre qui l'emporte. Vous ne baissez pas les bras, mais votre ventre pousse. Nous, nous le subissons toute notre vie, mais ce n'est pas le même, c'est un ventre que vous nous avez collé, greffé, imposé. Vous êtes des salauds à la panse ronde et satisfaite.

— J'ai l'impression que vous confondez le ventre des hommes avec une autre partie de leur anatomie.

— Le ventre des chiens ou leur bite, c'est la même chose. Et vous le savez très bien. Vous nous faites crever, rapidement ou à petit feu, à coups de ventre, à coups de bite. Vous prenez toute la place.

— Soit. Et vous parlez au nom des femmes ?

— Vous êtes idiot ou bouché ? Croyez-vous qu'elles aient besoin de moi ? Je ne suis rien. Je n'ai pas été violée, je n'ai pas été abusée, je n'ai pas eu faim. Vous pensez qu'il faut avoir été violée pour porter le viol, abusée pour ressentir l'abus, avoir eu faim pour être assourdie par le cri des ventres creux ?

Sa diatribe a été suivie d'une longue pause. Une partie de moi aurait aimé ponctuer ça d'un petit applaudissement moqueur. Mais ça n'est pas venu.

Pour casser le silence, j'ai posé quelques questions banales sur la façon dont se déroulait son incarcération. Elle n'avait pas grand-chose à en dire mais ça nous a conduits en douceur jusqu'au bout de la séance.

J'avais pris quelques notes, jeté quelques mots sur le papier. Ventre, absence de dissociation, *quid* du grand-père. Rien de bien utile. J'ai appelé la surveillante qui est venue chercher Dolorès, l'a menottée et emmenée. Elle était la seule de tout l'établissement à se promener les mains ainsi entravées. Sans doute était-ce plus pour des raisons symboliques que pour une question de sécurité. Comme après chaque séance, une autre surveillante est entrée dans la salle, a ouvert la fenêtre, cogné contre chacun des barreaux avec un morceau de métal. S'assurer qu'ils n'avaient pas été sciés. Le son clair qu'émettait l'acier a semblé la satisfaire.

30

DOLORÈS

J'avais rassemblé mes affaires. J'étais prête à quitter Pedro pour toujours. Depuis notre discussion à mon arrivée, il n'avait plus dit un mot de mon grand-père. Ne l'avait pas évoqué. S'était contenté de parler du vieux monde qui devrait bien un jour finir et s'écrouler. Ça l'obsédait au point que ses regards grattaient ma peau. Il avait toujours cette petite lumière quand il posait ses yeux sur moi.

— Ne me regarde pas comme ça, je ne prends pas la relève, Pedro, je ne suis pas mon grand-père, c'est autre chose. Je ne suis pas une révolutionnaire, je ne suis rien.

— C'est lui qui n'était rien, Dolorès, a lancé le prêtre avec une fureur soudaine. Il n'était rien qu'une énorme imposture. Ton vieux a prospéré sur cette image de justicier, de type qui tue des fascistes comme dans un roman existentialiste. Mais la vérité est tout autre, la vérité c'est qu'il n'a jamais eu ce qu'il fallait. S'il est parti, c'est par lâcheté, par honte, s'il est venu ici, en France, c'est pour se construire une histoire de héros.

Je n'ai pas immédiatement compris ce que me disait Pedro. Devant mon air interloqué, il a continué.

— L'opération… Son piédestal, il l'a construit sur du carton mou. Sans fondation, sans raison, juste parce que l'héroïsme était un atavisme dans sa famille. Il est devenu un héros sans passer par la bravoure. Le jour de l'opération, j'étais là, petite. J'étais là et dans cette rue déserte d'un Bilbao au ciel si lourd que nos épaules fléchissaient, nous avons coincé cette ordure de Varela. Ce salopard qui avait torturé et envoyé à la mort nos camarades. Ton grand-père était un nouveau venu dans la cause, jamais il n'aurait dû avoir le droit de se charger d'un acte aussi noble que de mettre une balle dans la tête d'un type pareil. C'était un homme aguerri qui devait s'en charger.

— Toi ?

— Oui, moi. Mais ton grand-père ne voulait rien entendre. Il m'a supplié, m'a dit laisse-moi en finir avec cette brute, laisse-moi venger les derniers tombés à Barcelone en 1939. Il savait parler, ça c'est certain. J'ai accepté. Franco était en train de mourir, l'attentat était un baroud d'honneur, une façon de montrer que nous serions encore là quand cette crapule rendrait son âme au diable. Alors je l'ai laissé faire. C'était comme laisser un jeune tirer un pénalty à dix minutes de la fin quand on gagne quatre à zéro. Un risque mineur. La dictature tomberait, nous le savions tous. J'ai dit oui, vas-y prends le flingue. J'ai déposé le métal froid dans sa main ouverte. Il s'en est saisi avec assurance, avec morgue presque. Sa vie prenait un sens. Les rôles étaient inversés. J'allais faire le guet pendant qu'il éliminerait Varela. La nuit tombait, l'obscurité rendait les choses plus faciles. C'est mieux de ne pas distinguer clairement les traits du visage de l'homme que tu vas descendre. Tu te sens moins sale, moins inhumain, moins fasciste. Tirer sur quelqu'un dont le regard implore, c'est soudain devenir un nazi. Il faut savoir l'encaisser. Savoir se dire je suis un nazi, pour une fraction de seconde. Je suis un nazi qui bute un homme sans défense et puis passer à autre chose. Varela avait sa routine, il quittait son bureau, seul, à la tombée du jour. Seulement, ce fameux soir, sa femme était là, elle a quitté le siège de la police avec lui. Ils sont sortis, bras dessus, bras dessous, comme un couple d'amoureux, comme une photographie de Saint-Valentin. Varela aimait sa femme et sa femme aimait ce dépotoir. J'étais à quelques mètres seulement, plus préoccupé par ton grand-père que par l'arrivée d'un passant qui, à cette heure, dans ce quartier, était plus qu'improbable. Alors j'ai observé. Quand ton grand-père les a vus, il s'est mis à trembler. J'ai compris très vite que ça allait mal tourner. C'était, moi aussi, ma première exécution, mais j'avais l'habitude des hommes et des opérations clandestines. Ton grand-père s'est planté devant eux, flingue en main. La femme a réprimé un cri, a cru que ce type en face voulait les dévaliser. Varela est resté calme comme un fasciste. Digne comme un fasciste. Calme parce que la mort était son métier, parce qu'il la chérissait et parce qu'il l'avait trop donnée pour ne pas imaginer un jour la recevoir. Ton grand-père s'est figé. Depuis le coin de la rue déserte, j'ai vu. J'ai vu qu'il n'y arriverait pas, que sa main était crispée, que ses jambes étaient molles, que ses sphincters s'ouvraient, que la peur de donner la mort était d'un coup aussi forte que celle de se faire tuer. J'ai couru jusqu'à lui, lui ai arraché le pistolet des mains et j'ai tiré dans la tête de cette ordure de Varela. Il est tombé, déposant un dahlia rouge au sol. Sa femme s'est mise à hurler. Nous nous sommes enfuis, avons pris la voiture, puis filé jusqu'à la frontière. Pour nous, la lutte armée était terminée, nous le savions avant même l'opération. À peine passé la curieuse ligne jaune qui séparait l'Espagne de la France, ton grand-père et moi nous sommes arrêtés sur le bord de la route. Je suis un homme de Dieu, je lui ai dit. Je sais très bien où mon âme finira pour ça. Je veux bien être damné dans l'au-delà si c'est pour sauver les damnés d'ici. Mais il faudra une figure. La cause va avoir besoin d'un héros, d'un qui a tiré, qui a eu le cran de fabriquer un mur face à ces salauds. Ce sera toi. Il faut que ça soit toi. Je ne peux pas être cet homme. Je ne veux pas qu'on me glorifie quand Dieu va me supplicier pour l'éternité. Je veux commencer à expier tout de suite. Ton grand-père n'a pas réfléchi. Il a accepté sans émettre la moindre condition. Il serait le héros, je serais le déchu. Un partage raisonné des tâches. Ta grand-mère venait d'avoir ta mère. Elles sont parties toutes les deux dans la nuit, ont traversé les montagnes à pied, guidées par un camarade du côté français. Ton grand-père était soudain devenu ce qu'il rêvait d'être. Jamais il n'a semblé ressentir la moindre amertume, la moindre honte. J'ai fini par penser qu'il avait effacé le souvenir réel pour ne garder que la légende.

— C'est avec cette légende que j'ai grandi.

— Je ne crois pas. Je pense qu'au fond de toi tu as toujours su, Dolorès. Toujours su que cet homme était un lâche.

31

ANTOINE

Je suis allé attendre Chloé à la fermeture du café. Le froid était tombé. Mes pieds étaient glacés et durs, deux pavés de fer au bout des jambes. Mon petit pull de laine et mon écharpe en coton m'habillaient mais ne me protégeaient pas. Chloé m'a vu sautiller dehors juste avant d'éteindre les lumières. Elle a souri puis est sortie pour baisser la grille. Elle m'a jaugé.

— Tu n'es vraiment pas habitué au froid, toi. Chez vous, là-haut, l'hiver c'est un petit tyran de rien du tout. Ici c'est un vrai dictateur. Il te fait payer cash quand tu désobéis. La crève et les engelures, c'est comme ça qu'il punit, le salaud.

Elle a rigolé. Ses nénuphars avaient disparu sous une épaisse doudoune rose et une grosse écharpe de laine. Son sourire, lui, était intact. J'ai voulu l'enlacer.

Elle m'a repoussé gentiment. Je m'y attendais un peu mais une petite tristesse a quand même gratouillé mes tripes. Je lui ai malgré tout proposé de venir au studio. J'avais besoin d'un rejet bien ferme, bien réel. J'avais besoin qu'elle me dise ce que je savais déjà. Elle n'a pas même eu une courte hésitation avant de refuser.

— Tu es beau mais ça ne se voit pas. Ou presque pas. Les gonzesses devraient te courir après. Mais rien. Et ça, c'est parce que tu pues la mort. Moi, je m'en fous un peu. Juste, tu es différent, et ici on se fait chier, alors ça m'a suffi. Et puis, tu ne connais même pas mon prénom.

— Dis-le-moi, Chloé.

Un coin de ses lèvres seulement s'est relevé, creusant une petite ride au coin de sa bouche que j'aurais voulu lécher.

— Rentre chez toi, au chaud.

Ses mots se sont envolés dans un délicat brouillard. Je n'ai pas insisté, j'ai fait demi-tour et traversé la route déserte. La nuit était si sombre. J'ai voulu traîner ma mélancolie sous la masse ténébreuse des montagnes, rêver aux nénuphars qui envahissaient les seins de Chloé. Mais le froid me dévorait les joues. Et la soif, la gorge. Alors j'ai repris le chemin du studio, un peu déçu de ne pas être ce que je n'étais pas.

Non loin de la maison une silhouette frêle et haute, penchant légèrement, un roseau dans la nuit. La silhouette a sifflé et j'ai entendu les picotements des griffes du chien sur le bitume. Pietro était là.

— Je promène l'animal. Moins de risque qu'il se fasse écraser à cette heure-ci.

J'étais seul, Chloé avait décidé que mes bras n'étaient pas assez grands ou pas assez forts, j'ai proposé au vieil homme de boire un verre au studio. Il a accepté de bonne grâce, a pris le chien dans ses bras pour monter la volée d'escalier qui conduisait à mes pénates. Le chien semblait habitué à la manœuvre et prenait la posture du bébé pour simplifier la tâche du vieux. Une bulle de chaleur est venue nous envelopper dès la porte ouverte.

— Du rhum ?

— Du rhum.

Pietro n'était pas particulièrement difficile. Nous avons trinqué et avalé notre verre. Je nous ai resservis aussitôt. Mes tripes se réchauffaient, ma tête aussi. Au troisième verre, nous sommes devenus plus diserts. La gêne de faire pénétrer un copain de bistrot dans mon intimité avait pratiquement disparu. Ce n'était plus bizarre de le voir là.

— Vous n'êtes pas du coin, alors ? je lui ai demandé.

— Non, je ne suis pas d'ici. Ma fille adoptive s'est installée dans les environs, je suis venu la retrouver.

Au quatrième verre, j'ai mis la main dans ma poche, serré la boîte. J'ai réprimé et me suis versé une nouvelle rasade. Pietro sirotait son troisième verre tranquillement.

— Et vous alors ? Si vous venez de Paris pour une mission à la prison ça doit être important, non ? Vous êtes quoi ? Un genre de ponte dans votre domaine ?

— Pas vraiment. Et important n'est pas le mot. Mais c'est confidentiel, je ne peux pas vous en parler.

Pietro a soupiré.

— Je suis sûr que je peux deviner.

— Vous pouvez essayer. Mais je ne pourrai pas confirmer. C'est dans mon contrat. Je devrai me taire. Ou alors vous tuer.

Pietro est parti d'un beau rire grasseyant qui a débouché sur une courte quinte de toux.

— Alors laissons tomber. Je suis vieux mais je n'ai pas envie de crever tout de suite.

La moitié de la bouteille était descendue. J'ai demandé à Pietro de m'excuser et suis allé aux toilettes. J'ai pissé une main dans la poche, serrant la boîte. Très fort. Je ne l'ai pas sortie. J'avais l'impression que mes côtes se brisaient. Mais je ne l'ai pas sortie. Quand je suis revenu dans la pièce, le vieillard flattait gentiment les flancs de son chien. Il a levé la tête en me voyant.

— Vous avez vu, ce regard ? J'aime les chiens pour ça. Il n'y a pas d'intention dans leur regard. Leurs yeux sont des fenêtres ouvertes.

J'ai laissé passer sa petite nostalgie en buvant une gorgée. La conversation était sans doute déjà en train de mourir tristement. Je n'en avais pas envie. La boisson réclame de la compagnie.

— Alors, vous êtes italien ? Vous êtes en France depuis quand ?

— J'ai quitté l'Italie dans les années 1970, il a fini par répondre après un temps.

Il a pris l'air grave, soudain.

— Vous avez quitté ou vous avez fui ?

D'un coup, en tête, me sont revenues les années de plomb, la terreur qu'elles avaient inspirée à mes pauvres parents. Toute une panoplie de clichés venue s'emparer de mon imaginaire.

— Oui, j'ai fait deux trois conneries, a dit Pietro. J'ai dû fuir comme quelques autres.

— Vous croyiez vraiment à la révolution à l'époque. Rendre le pouvoir au peuple ?

Il a décelé une pointe de raillerie dans le ton de ma voix.

— Lui rendre le pouvoir ? Parce que vous croyez vraiment qu'il l'a déjà eu ?

J'ai soudain senti monter en lui un agacement que je n'avais pas vu venir.

— J'y crois toujours à la révolution. J'y crois toujours au peuple. Et j'emmerde ceux qui disent que nous étions les idiots utiles du système. Vous ne savez pas ce que ça fait de voir un homme s'écrouler sous vos yeux. Même la pire ordure. Ça vous hante. Mais il fallait bien que quelqu'un s'y colle.

— Et pour quoi faire, Pietro ? Ce que vous appelez le peuple n'a jamais voulu de votre révolution. Pour ma part, je méprise tous ces moutons, ils ne rêvent que de clôtures électriques.

La petite étincelle de joie que charriaient habituellement les regards de Pietro s'est embrasée. Elle est devenue un véritable incendie, d'un coup. Le vieillard a bu son verre d'une gorgée. Je ferais mieux d'y aller. Il s'est levé, a sifflé le chien qui est venu se lover dans ses bras. Je lui ai ouvert la porte pour le laisser sortir. Il a passé le seuil, s'est retourné.

— Vous savez, on ne l'arrêtera pas, la révolution. Cette fois-ci, elle est partie, elle ne s'éteindra pas. Bonne soirée.

Puis il a descendu péniblement les marches, a déposé son chien au sol. J'ai refermé la porte, les tripes serrées, sans trop savoir pourquoi.

32

DOLORÈS

À la séance suivante, j'ai continué à essayer de faire palpiter le psy. J'en ressentais une joie mauvaise. Je voyais bien que quelque chose craquait.

— Nous vivions au fond d'une cour, dans un immeuble insalubre bordé d'autres immeubles insalubres, où nous occupions deux appartements. Il restait quelques voisins dans le bâtiment, mais la plupart des habitations avaient été murées par la mairie en prévision d'une démolition qui n'est intervenue que bien plus tard. En haut les chambres, en bas la cuisine et le salon. Les toilettes à l'étage, sur le palier. On n'avait pas beaucoup de place. Pas vraiment de lieu à soi. Sauf mon grand-père qui s'était organisé un genre de bureau dans ce qui avait la taille d'un placard. Mes jouets se trouvaient là, dans un coffre que je n'arrivais jamais à fermer. Le vieux avait coincé une planche de bois entre les deux murs pour y poser ce qui l'occupait quand il n'était pas à l'usine, les tickets de PMU et les suppléments courses de *France-Soir*. Dans un coin, il y avait le *Manifeste du parti communiste*. Une vieille édition espagnole que je ne l'ai jamais vu lire.

Son visage lisse s'est ouvert encore un peu. Les anecdotes d'une enfance parisienne au milieu des misérables titillaient quelque chose en lui. Malgré ses airs de s'en foutre, c'était plus que de l'amusement qui animait son regard.

— Mon grand-père préférait les copains de bistrot. Visiblement, il avait donné sa part à la révolution, elle ne l'intéressait plus vraiment au quotidien. Je me souviens d'un type qu'il aimait bien, Patrick Mazelier. Il était le troisième d'une fratrie. Quatre frères vivant dans notre rue. Lui et deux autres d'entre eux étaient des malfrats sans envergure. De braves monte-en-l'air pas très habiles. Le quatrième, dont j'ai oublié le nom, était un peu attardé, alors il travaillait. Il était balayeur. Le dimanche midi, après avoir fait leur tiercé, mon grand-père et les quatre frères se retrouvaient au bistrot du coin, chez Gérard. Comptoir en formica et sciure au sol recouvrant le même carrelage que celui de mon école. Les frères Mazelier enquillaient leurs pastis, trinquant, rigolant, à la santé de celui qu'ils appelaient "le travailleur" avec un ricanement bienveillant. Je les voyais tous les dimanches quand ma grand-mère m'envoyait chercher mon grand-père pour qu'il abrège son apéro et rentre déjeuner. Je le trouvais toujours, cigarette coincée entre deux doigts, verre de pastis dans l'autre main, échangeant des banalités avec les frères. Ça parlait chevaux, gouvernement, ça échangeait des anecdotes, des il paraît que, des légendes urbaines. Immanquablement, mon grand-père m'offrait une limonade, ça lui achetait le temps nécessaire à une dernière tournée. J'écoutais en rêvassant ce que ces hommes aux fortes odeurs d'anis et de tabac brun avaient à raconter. Les Mazelier ne parlaient jamais de leurs coups, jamais de leurs séjours en cabane, ils préféraient détailler les programmes télé, évoquaient John Wayne. L'idole des prolos de l'époque. Une Amérique.

Il ne prenait plus de notes. Il paraissait comme scindé en deux : distant, jouant l'indifférence, mais buvant mes paroles. Quelque part, tout au fond de lui, Doisneau avait dû lui bouffer la tête.

— Un jour, à peine sorti de Fresnes, Patrick Mazelier, qui habitait avec sa femme et sa gosse dans un bâtiment voisin, a entrepris de cambrioler une fabrique de copies de meubles anciens, située elle aussi dans la cour. J'étais petite, mais je me souviens d'avoir été réveillée au milieu de la nuit par le bruit du camion qui ronflait comme un dragon. Je me rappelle m'être levée, être allée voir à la fenêtre ce qui pouvait bien se passer. Tous les habitants des immeubles autour avaient la tête dehors, ils chuchotaient à pleins poumons Patrick, arrête tes conneries, tu viens de sortir de cabane, pense à ta gosse. Et en retour, Patrick, d'une grosse voix, répondant vos gueules, retournez vous coucher. Les fenêtres se sont toutes refermées. Et la police est venue le lendemain. Les flics avaient leur visage triomphant, certains qu'ils étaient de trouver des témoins. Ils sont repartis queues basses et godillots traînants. Le voisinage avait semble-t-il le sommeil très lourd. Personne n'avait rien entendu.

Le psy a lancé elle est mignonne cette anecdote.

— Elle est surtout fausse. Patrick Mazelier est retourné en prison quelques jours plus tard. La misère pousse les pauvres à se dévorer les uns les autres, comme des hyènes. Évidemment que pour un billet, une faveur, quelqu'un a balancé. Vous êtes pollué par les livres et les films écrits par les riches, qui montrent des héros de la classe ouvrière ou des agneaux sacrificiels, jamais le troupeau qui va à l'abattoir, tête baissée. C'est pourtant ce troupeau qui constitue la masse des miséreux.

Ma réponse a semblé l'irriter au plus haut point. Il détestait que je le prenne pour un con, que je le coince dans ses contradictions.

— Je vous ai demandé de me parler de votre enfance, pas de me raconter *Les Misérables*, il a répondu entre ses dents. C'est votre famille qui m'intéresse, pas le folklore autour.

— Avouez qu'il vous a bien plu, le folklore. Vous êtes comme tous les autres. Ces bourgeois pour qui le peuple est sale s'il n'est pas héroïque.

— Détrompez-vous, je viens d'un milieu modeste.

— Je le sais. Je l'ai vu tout de suite, vous êtes aussi transparent que vous êtes symétrique. Vous avez l'intranquillité des traîtres. Mais vous avez tant léché l'écorce de leurs chênes que votre langue est aussi lisse que la leur. Au point qu'en vous écoutant, parfois, on entendrait les points-virgules. Vous parlez comme eux.

— Vous l'avez adoptée vous aussi, cette langue.

— Non, je la singe, je l'imite, elle m'est une langue étrangère. Ma langue intime est épaisse, brute, ma langue vraie est celle de ma colère.

— Je suis ce que l'on appelle un transfuge de classe, a-t-il cru utile de m'expliquer.

— Ça n'existe pas. Soit vous êtes devenu un bourgeois, soit vous êtes un traître. Et vous, vous êtes un traître, vous le savez pertinemment. Votre classe d'origine vous tiraille comme une dent gâtée. Elle ne vous laisse pas en paix, vous hante. Votre lit est fraîchement refait mais vos draps sont sales.

Je me suis levée et suis allée frapper à la porte. La surveillante a ouvert, surprise de la brièveté de la séance. Elle a lancé un regard au psy, est-ce bien fini ? Il a hoché la tête, oui, on va s'arrêter là pour aujourd'hui. Vous pouvez la raccompagner à sa cellule.

33

ANTOINE

Après la séance de moraline, je suis rentré et me suis installé derrière mon ordinateur. Cette connasse m'avait encore fait la leçon. Mais cette fois, j'étais tombé, j'avais avalé sans déglutir ses petites histoires à la Zola. Je me suis servi un grand verre de rhum. La boîte était toujours dans ma poche. Je me suis enfilé deux poutres à quelques minutes d'intervalle avant de me resservir un verre. Infoutu de décolérer, j'ai ouvert le dossier DOLORÈS. Mes premières notes ne voulaient rien dire, n'allaient nulle part. Dolorès était Dolorès, point. Sa maladie mentale se résumait à ça. La maladie mentale de chacun se résume à ça, dans le fond. J'ai ouvert ma thèse encore en bonne place sur le bureau de mon ordinateur. J'ai parcouru les transcriptions des rapports psychiatriques de l'époque soviétique que j'y avais reproduits. J'ai lu, au hasard, l'expertise d'un certain Fedorov : *Le citoyen Fedorov se prend pour Lénine*, avait écrit le psychiatre. J'ai ricané, puis j'ai poursuivi.

Les éléments du dossier, les documents manuscrits, les résultats de l'observation témoignent que L. I. Fedorov souffre de maladie psychique sous forme de schizophrénie latente, avec, depuis l'adolescence, des signes de dérangement paranoïaque caractérisé par des éléments de messianisme, des idées réformatrices, un dérangement de la sphère émotionnelle, caractérisé également par une attitude non critique quant à son propre état. Il représente un danger social ; il doit être considéré comme irresponsable et interné dans un hôpital psychiatrique spécial.

Plus loin, un autre passage, assez similaire.

Souffre de maladie psychique chronique sous forme de schizophrénie. La maladie susdite se caractérise par un tout début de formation de dérangement paranoïaque, par un esprit chimérique, une naïveté de jugement qui détermine sa conduite. Son état s'est amélioré entre la première et la deuxième expertise. Est apparu un dérangement de la sphère émotionnelle (apathie, indifférence, passivité). Les idées réformatrices se sont maintenues en se transformant en idées inventives dans le domaine de la psychologie. Attitude non critique vis-à-vis de ses propres actes. Présente un grand danger social. A besoin de soins.

La rhétorique des psychiatres soviétiques était magnifique. Bête, tellement bête qu'elle ferait le bonheur du juge.

Copier/coller sur une feuille vierge. Changement de nom, modifications de quelques termes, à peine. Ce qui s'appliquait au camarade déviant Fedorov s'appliquerait sans problème à Dolorès Leal Mayor. Elle devait sans doute penser que l'éthique d'un médecin était prisonnière de la morale bourgeoise. Pas de remords. Je la haïssais d'être le glaive quand j'étais le serf.

34

ANTOINE

Dernier week-end à Paris avant un retour définitif. Je n'avais plus grand-chose à apprendre de Dolorès. J'avais de quoi écrire un rapport orienté, j'avais tout ce qu'il me fallait pour l'enfoncer dans la folie aux yeux de tous. J'aurais pu rester dans les montagnes mais la neige s'annonçait et je ne voulais pas la voir s'abattre sur la vallée. J'ai donc repris le train, une nouvelle fois. Dodeliné, somnolé, habité par des pensées qui se muaient en rêves, des rêves qui se muaient en pensées, un flou constant, des allers-retours étranges. Nous étions vendredi et Zélie m'attendait à la gare. Elle avait coiffé ses cheveux en tresse, souligné ses yeux d'un trait de maquillage, j'ai compris qu'elle voulait encore m'emmener quelque part. Zélie n'avait de cesse de me prendre par la main. Elle avait cette inexplicable tendresse en elle, une minuscule malédiction.

— J'ai un ami de lycée qui fait une fête chez lui. Je te préviens, c'est dans un hôtel particulier du 16e arrondissement. Tu n'y seras pas à l'aise, mais j'aimerais que tu rencontres mes amis. Je suis ce que je suis. Et puis, si tu leur donnes une chance, tu verras, ils sont gentils et bienveillants pour la plupart.

— La bienveillance c'est facile dans un hôtel particulier.

— Tu parles comme ta Dolorès. Ou l'idée que je m'en suis faite.

— Tu as sans doute raison. Allons-y.

Nous avons pris un taxi qui nous a déposés devant une bâtisse de l'ouest parisien. L'ami de Zélie a ouvert la porte, l'air d'un étudiant tout juste sorti de l'œuf. Son pull en laine, ses lunettes rondes, rien ne semblait vouloir le trahir. Trahir le fait que ce décor de cristal et de pierre était le sien, celui dans lequel il avait grandi, s'était épanoui, dont il n'aurait même pas besoin d'hériter. Le hall d'entrée était immense, marbre, fer forgé et escalier à double révolution juste en face.

Il nous a débarrassés de nos manteaux, avec un beau sourire et nous a proposé de rejoindre "les autres" à l'étage. Une dizaine de personnes, debout, champagne à la main, tintements légers, discussions étouffées. J'ai immédiatement attrapé une coupe que j'ai bue cul sec avant de m'en servir une autre. À la troisième, la boule d'angoisse dans mon ventre a commencé à se dénouer doucement. Zélie m'a présenté. Des visages dégagés, des sourires aux dents rendues parfaites par le martyre des appareils dentaires subis durant l'enfance. Je me suis éclipsé aux toilettes quelques minutes avant de revenir plus détendu, plus loquace. J'ai repris un verre, ai tenté une blague raciste au milieu d'une conversation qui m'a valu un regard horrifié d'une petite rousse. J'ai horreur de ce genre de plaisanteries, m'a-t-elle lancé.

Je n'ai pas insisté, j'ai tourné les talons. Zélie est venue me voir. Arrête. On dirait que tu les méprises tous. Qu'est-ce qui t'arrive ? Je n'ai pas vraiment répondu. Pas grand-chose à dire pour ma défense. J'ai repensé à Dolorès et à Chloé. À Chloé surtout, à son tatouage, à sa petite vulgarité sans prétention, à ce désir qu'elle pouvait provoquer chez moi. J'ai très vite compris que je n'allais pas pouvoir rester bien longtemps. J'ai erré dans la maison, sous les hauts plafonds et les tableaux ridicules. Un petit attroupement s'était formé autour du piano. Un type de vingt-cinq ans tout au plus, en costume-cravate, pérorait au milieu des tintements du cristal. Il arborait une calvitie précoce. L'abus d'alcool lui faisait des ruisselets de transpiration sur les tempes. Il riait fort. Il parlait fort. Il a enchaîné quelques accords au clavier. On l'a félicité, il s'est enhardi. Il a repris deux ou trois mesures. Il savait jouer. Il s'est soudain mis à claironner que le piano ne supportait que deux tenues vestimentaires, la queue-de-pie ou le costume d'Adam. Il a ri à sa propre facétie. Je me suis avancé à côté de lui. Pendant une fraction de seconde, je me suis vu fermer le couvercle du clavier sur ses mains. L'esquisse d'un geste aussitôt remisé. Personne ne s'est aperçu de rien. Sauf Zélie. Sauf moi.

Elle a attrapé mon bras. Elle m'a demandé de la suivre. Nous avons pris nos manteaux et quitté la soirée sans prévenir personne. Nous avons longuement marché en silence. Zélie a tenté une leçon de morale que je n'ai pas écoutée. J'étais incapable de dire si j'aurais pu réellement écraser les doigts du type. Alors j'ai simplement répondu je rentre chez moi, je vais reprendre le train demain. Elle n'a pas insisté, a hélé un taxi et m'a laissé tout seul à errer dans le froid.

Finalement, une fois à la maison, j'ai décidé de prendre la voiture. J'ai roulé à vive allure, envie d'aller m'encastrer dans ces montagnes qui, si elles sont hostiles, ne sont pas mensongères. Si elles méprisent c'est parce que leur puissance est réelle. La montagne comme la mer est une vérité nue. Je me suis arrêté plusieurs fois en route pour boire un café, me faire une trace sur le plastique noir du tableau de bord. Deux petits éclairs chaque fois et la capacité d'avaler le monde juste après. Au bout de quelques heures, je suis arrivé dans la ville la plus proche du centre pénitentiaire, celle où le train me déposait habituellement. Envie d'un autre café avant d'aller me cloîtrer au village. La nuit était toujours là, elle m'avait attendu. Trop tôt encore pour trouver un bistrot ouvert, j'ai déambulé, marché sous les arcades. La cité avait les allures d'une aristocratique Italie, mais sans raideur, bienveillante. Consciente de sa beauté mais gardant une distance légère et pudique. J'ai observé les collages qui avaient dû pousser dans la nuit. L'un d'entre eux n'avait pas pu être achevé. L'habituel mot-dièse final était tronqué. #DOLOR. La colle était encore fraîche et faisait briller les rectangles de papier. J'ai abouti sur une place où d'énormes bustes d'éléphant étaient accolés à une colonne. Deux noceurs, visage blême, dévoré par la nuit et l'alcool, deux noctambules qui refusaient la fin de la fête étaient juchés, hilares, sur une des têtes d'éléphant. Une échelle gisait en bas. Une jeune fille les photographiait. J'ai eu envie de les serrer dans mes bras tous les trois. J'ai rebroussé chemin.

J'avais oublié de prévenir le brave képi supposé me prendre à la gare comme à chacun de mes retours.

Puis je me suis souvenu que nous étions samedi, qu'il ne devait venir me chercher que le surlendemain. Je l'appellerais dans la journée pour lui dire que je n'avais pas besoin de lui, que j'avais fait le voyage avec mon propre véhicule. Il serait sans aucun doute soulagé. Il n'aurait plus à faire ce stupide trajet de la ville à la prison en ma silencieuse et gênante compagnie.

J'ai repris la route jusqu'au village. Quand je me suis étendu sur le lit, j'ai revu le geste de Zélie pour attraper mon bras. J'ai revu la tristesse, l'absence de colère, l'inquiétude. Tout ce qui fait Zélie. La lassitude en plus.

35

DOLORÈS

J'ai débarqué du train à Lyon Part-Dieu, dans cette immense gare que la quantité de boutiques faisait plus ressembler à une galerie marchande qu'à un lieu de transit. Des flics et des militaires patrouillaient partout. J'avais un numéro de téléphone mais envie de n'appeler personne. J'ai pris un café dans un kébab derrière la gare et j'ai regardé passer les Lyonnais avant de me décider à aller au bord de l'eau, voir le con de Rhône et la conne de Saône. Deux fleuves aux accents circonflexes, ça en faisait un de trop. J'étais passée à Lyon quelques fois sans jamais avoir le temps de déambuler dans la ville. Je me suis forcée à marcher, à regarder autour de moi, les immeubles haussmanniens qui en faisaient un Paris à l'odeur de quenelle et de saucisson à la pistache. La bouffe, le vin, les panses satisfaites et le "bon vivre", c'était sans doute ce que j'exécrais le plus dans ce pays. Quand je suis arrivée sur les quais, un rayon de soleil s'était mollement écrasé sur une eau si lente qu'elle semblait tirée par des haleurs. Ça scintillait. Diamants menteurs. J'ai fini par sortir le téléphone que m'avait confié Pedro et composé le numéro qu'il m'avait fait apprendre par cœur. Ça a répondu à la première sonnerie. Je m'attendais à la voix chevrotante d'un vieux militant à deux doigts de la mort mais c'est un homme jeune, vague accent banlieusard, qui m'a répondu. Il m'a donné une adresse, avenue du Plateau, dans le quartier de La Duchère a-t-il précisé, comme si ça devait vouloir dire quelque chose. Le jour était en train de tirer sa révérence, le froid prenait ses quartiers quand je suis arrivée après avoir changé vingt fois de bus. Des espaces verts pelés entourés par des barres d'immeubles toutes identiques. Le type au téléphone m'avait fait savoir qu'on ne se verrait pas. Il m'avait donné le code d'entrée de l'immeuble, l'étage, la porte et m'avait dit que je trouverais la clé sous le paillasson. J'ai pris l'ascenseur, suis montée au quatrième étage, j'ai débouché sur de longs couloirs sombres. La peinture avait été refaite récemment mais les murs étaient déjà recouverts de graffitis divers. Une odeur de bouffe s'échappait de sous les portes. Quelques cris en arabe de ce qui ressemblait à l'exaspération d'une mère. J'ai trouvé la porte, la clé, suis entrée dans un studio austère. Propre. Un lit, une table, une chaise et une télévision posée à même le sol. Dans un recoin, une cabine de douche. Les fenêtres étaient aussi larges que des meurtrières. Les pauvres ne sont pas des plantes, ils n'ont pas besoin de lumière pour s'épanouir. Je me suis effondrée sur le lit un instant, puis j'ai appelé Pedro avant d'aller prendre une douche. Il était rassuré de me savoir à l'abri. Il m'a dit fais profil bas, d'autres continuent la lutte à ta place. J'étais trop fatiguée pour lui expliquer une nouvelle fois que je ne luttais pas.

Je suis restée là pendant quelques jours, à tourner en rond, encore et encore. Le rythme des meurtres était devenu impressionnant si l'on en croyait les chaînes d'info. D'héroïne du peuple, j'étais devenue le déclencheur d'une "hystérie collective", suivant le cycle bien connu des médias qui ont besoin de brûler ce qu'ils ont eux-mêmes bâti pour continuer de raconter des histoires. Et vendre du temps de cerveau. Les hommes n'arrêtaient pourtant pas de coucher avec des inconnues, acceptant le risque de mourir pour le simple plaisir de se sentir désirés et de tirer un coup. J'ai appelé Pedro plusieurs fois, n'ayant personne à qui parler. Je lui disais j'en ai marre. Je crois que j'en ai marre. Il me disait tiens bon, encore un peu.

Je ne sortais que pour aller chercher à manger dans les quelques kébabs situés non loin. Je faisais tourner, Pedro m'avait dit de ne pas prendre mes habitudes quelque part. De rester un personnage flou au fond de l'image.

Pedro avait espéré que quelque chose se déclencherait. Que ces meurtres déboucheraient sur un mouvement encore plus vaste. Il me sentait dépérir, il voyait le moment où j'allais enfin prendre du repos, mais il m'avait demandé d'attendre. Des voix parlaient sur les divers canaux de communication, des voix tenant ce discours qui faisait tant rêver Pedro, mais elles étaient aussitôt étouffées au nom de l'ordre et de la stabilité. C'était comme une guerre de basse intensité qui s'était mise en place. Mais qui finirait par s'éteindre. Le rythme des meurtres allait ralentir. Puis tout ça allait se terminer. Pedro le sentait. Alors il m'a dit vas-y, c'est le moment.

36

DOLORÈS

Une surveillante est venue me chercher dans la cellule. Marion regardait la télé, moi le plafond.

— Leal Mayor, prenez quelques affaires, je vous conduis à l'isolement.

Marion a baissé le son de la télévision.

— Pourquoi ? Il n'y a pas eu de rapport d'incident ? Pourquoi vous la collez à l'isolement.

— La direction a décidé que c'était plus sûr. On parle de risque de troubles. Moi j'applique.

Elle s'est tournée vers moi.

— Vous venez d'être promue au grade de DPS, détenue particulièrement surveillée. Félicitations. Allez, Leal Mayor, suivez-moi.

Marion, yeux noirs de rage, a lâché ils espéraient qu'on te ferait vivre un enfer, qu'on te défonce parce que tu es une star. Et comme ça n'a pas marché, ils ont maintenant peur que tu nous contamines. T'inquiète Dolorès, on est là pour toi.

J'ai pris quelques affaires de toilette et j'ai suivi. Passage par *la rue*, et puis l'extérieur. Le quartier d'isolement se trouvait dans un bâtiment isolé, il fallait s'en douter. Un petit bunker, une surveillante à l'entrée, dans un poste de garde, une dizaine de cellules disposées en L. On m'a conduite là, dans la première. La surveillante de garde m'a dit c'est quarante-cinq minutes de promenade par jour. Le reste du temps, vous restez enfermée. Je viendrai vous chercher quand ce sera votre tour de prendre l'air. Elle a ouvert la cellule. Derrière la porte, une grille qu'il a fallu faire coulisser pour que je pénètre dans ce réduit de sept ou huit mètres carrés. Quasiment pas de lumière.

— Ça va vous laisser le temps de réfléchir, m'a dit la surveillante.

Je n'ai pas relevé.

Le lendemain, l'auxiliaire est venue m'apporter la gamelle. Il y avait deux barres chocolatées en plus envoyées par Marion. Elle m'a passé mon minuscule téléphone.

— Marion n'a pas pu t'avoir un serpent pour le recharger, pas discret, mais la batterie est à fond, tu en as pour quelques jours si tu l'éteins après chaque utilisation.

J'ai remercié l'auxi et suis allée m'installer sur la banquette pour manger. J'ai appelé Pedro au milieu de la nuit. J'avais besoin d'une voix amie. Besoin de savoir qu'il allait bien, qu'il était libre. Juste l'entendre. Un peu de paix. Mais c'est la fièvre qui m'a répondu.

— Je vais trouver un moyen de te faire sortir.

— Mais pour quoi faire ?

— Pour que quelque chose se produise enfin, Dolorès, pour que ça continue, pour voir la peur dans les yeux des bourgeois. Je suis une vieillerie qui crève, mais qui veut voir la vie avant de crever.

37

ANTOINE

Quand je suis arrivé sur le parking de la prison, quelques femmes se trouvaient là, une dizaine, autour d'une voiture. Plus loin, tout près de l'entrée du centre pénitentiaire, un groupe plus important. Une vingtaine, peut-être. Elles étaient affairées à peindre des slogans sur une banderole. Certaines se contentaient de souffler sur leur gobelet en plastique, regardant les autres faire, donnant des conseils orthographiques. Je ne me suis pas approché, je savais déjà ce qu'elles faisaient là. Tout juste me suis-je dit que la nouvelle avait finalement pris pas mal de temps pour fuiter, plus que je ne l'aurais imaginé. L'une d'elles m'a souri gentiment. Quand je suis passé devant, j'ai reconnu Chloé au milieu des autres femmes. Elle m'a vu et s'est dirigée vers moi.

— On sait pourquoi tu es là. On sait qu'elle est là-dedans. Quand Pietro m'a dit qu'il avait entendu qu'elle avait été transférée ici, que Dolorès était derrière les murs, j'ai tout de suite compris ce que, toi, tu foutais là. Tu vois, je crois que j'ai bien fait de ne pas te laisser t'approcher de trop près. Tu es un vendu. Un salopard qui vient la salir. On est là pour la soutenir.

J'ai longuement regardé Chloé. J'ai pensé à Zélie, au champagne, à cette fête, à ce porc aux tempes dégoulinantes, à ce geste avorté. J'ai pensé aux pauvres types émasculés, j'ai pensé que j'avais envie de faire demi-tour, de rentrer chez moi, de me dégueuler moi-même et de dégueuler les autres. De dégueuler ce monde de merde et les positions impossibles, de dégueuler les camps, de dégueuler les victorieux et les perdants. J'ai souri à Chloé, je lui ai dit oui, je suis un vendu, une saloperie, je suis pour que le monde reste tel qu'il est, il m'arrange, il me plaît, je m'y vautre. Et toi tu n'es qu'une petite serveuse de merde dans un trou paumé figé par le froid et la paresse des jours. Reste dans ta poussière et laisse-moi passer, va.

Chloé s'est poussée, j'ai marché d'un pas décidé jusqu'à la porte de la prison où j'ai présenté ma pièce d'identité. J'ai pensé aux nénuphars dont je ne verrais plus jamais les racines. On m'a salué, demandé si ça allait, sur le parking. J'ai dit oui, mais visiblement le nom de votre nouvelle pensionnaire a fuité. En me donnant mon API et mon badge, la surveillante à l'entrée m'a dit on s'en occupe. Je vais devoir appeler la gendarmerie pour les faire évacuer. J'espère que ça ne fera pas trop de grabuge. Je n'ai rien répondu. Je souhaitais simplement qu'on n'abîme pas Chloé.

38

DOLORÈS

Alors un soir je suis enfin sortie, dans l'air humide de la nuit lyonnaise. J'ai enfilé les quelques vêtements que j'avais emportés susceptibles de pousser un homme à s'intéresser à moi. J'ai pris le bus et me suis rendu dans le 6e arrondissement. Google m'avait clairement dit que ce serait là que je trouverais. Le premier bar prétentieux ferait l'affaire. J'en ai dégoté un très rapidement. Je me suis fait accoster par un type après seulement un verre de bourbon au comptoir. Il m'a offert un cocktail, a plaisanté, s'est trouvé spirituel. Il était déjà un peu ivre. Déjà un peu content de lui. Il m'a proposé un dernier verre chez lui. C'était tellement simple.

Ma main faisait piston sur sa queue. Il bandait sans trop de conviction. Il avait trop bu. Il me regardait de ses yeux entrouverts et m'a décroché un sourire idiot qu'un pincement de son gland a stoppé net. Il était rose, son corps, les plis de son corps, son visage de vieux poupon, tout ça était rose. J'ai commencé à le mordiller. Il avait l'air content. Il transpirait un petit peu sur les tempes et sur le haut du crâne qu'il avait dégarni. Il aurait bientôt cinquante ans, c'était normal. Ses yeux doux, des yeux de fille, lui avaient sans doute interdit une sexualité très active. Sa queue devenant un peu plus dure, son sourire s'est élargi. Il était probablement au maximum de sa capacité de bandaison. J'ai continué à mordiller. Puis à pomper. Rapidement. En continuant mon mouvement de piston. Il respirait plus vite. Il se taisait, avait l'air presque gêné. C'était trop pour lui. J'ai accéléré. Il a joui, très vite, me gratifiant d'un petit air désolé. Timidement, il m'a demandé tu voudrais bien nous servir un whisky ? Je me suis levée, l'ai interrogé des yeux, il m'a montré la vitrine d'un meuble en acajou où trônaient quelques bouteilles d'alcools divers. Ne t'embête pas à chercher des glaçons, je le prends sec, il a ajouté comme pour réaffirmer sa virilité. J'ai ouvert le meuble, attrapé un flacon tapageur en cristal, rococo, criard, emberlificoté, au cul sphérique de nonne. De larges verres se trouvaient juste à côté. J'en ai pris un. Tu n'en veux pas ? Non, je n'ai plus envie de boire. J'ai servi délicatement le whisky, le flacon a tinté sur le verre, un son pur de triangle dans un orchestre symphonique. J'ai respiré un grand coup, lui ai apporté son verre. Sourire satisfait, merci, tu es gentille. Sourire en retour. Il était à poil, la queue à l'air sur le canapé de cuir blanc. J'ai déambulé dans la pièce, fait mine d'admirer sa bibliothèque aux volumes lisses et monochromes. Je me suis approchée du petit secrétaire qui lui servait sans doute de bureau. Quelques papiers administratifs, pas grand-chose. Il déléguait probablement tout à son assistante, sa collaboratrice, quel que soit le titre qu'il lui conférait. Les ciseaux brillaient. Fins, pointus. J'ai attrapé l'objet et me suis approchée du canapé. Il était en majesté. Alors, plutôt que de viser la carotide, c'est logiquement dans le ventre que je le lui ai enfoncé. Il a poussé un hurlement qui tenait du brame. Il a arraché l'arme, est parvenu à se relever, m'a repoussée avec une force inattendue. Il chancelait, est tombé, a continué à hurler. À l'aide. À l'aide. Un beuglement de sirène qui semblait ne pas devoir s'arrêter. Je l'ai laissé appeler de toutes ses forces, longtemps. Je lui ai laissé ce petit espoir, celui de voir quelqu'un arriver à temps pour le sauver. Mais j'ai fini par lui reprendre les ciseaux des mains et j'ai visé le cou, cette énorme veine, plus saillante à présent que celle qui courait sur son sexe. Son cri s'est transformé en un gargouillis de lavabo. Ses mains se posaient, désespérées, sur le geyser de sang. Ça coulait, tiède. Ses jambes se tortillaient. J'ai observé un instant cette fin lente. J'attendais que la douceur reprenne possession de ses yeux de fille, que la mort l'amadoue enfin, qu'il se rende à son sourire, qu'il s'y abandonne. Ça n'a pas trop tardé. Il ne devait pas tenir tant que ça à la vie. Je lui ai caressé la tête, l'ai regardé s'en aller avec tendresse. J'avais du sang plein les mains, ça poissait. J'étais fatiguée. Je l'ai regardé dormir un long moment, un trou dans la gorge. Le temps s'était figé. Puis ça s'est mis à cogner. Fort. J'étais restée assise près de lui. J'avais peur qu'il ait froid. La porte a volé en éclats dans un bruit d'obus. Des pas, empressés dans l'escalier. La voiture. Le fourgon. Un manteau posé sur ma tête.

39

ANTOINE

J'ai attendu Dolorès dans la salle vide. J'ai allumé l'ordinateur, lu les premiers titres qui commençaient à sortir. La localisation de Dolorès faisait la une des journaux. Parce qu'il faut bien nourrir l'information minute après minute même lorsque ça ne veut rien dire. J'ai entendu la porte s'ouvrir avant de lever les yeux sur une Dolorès aux traits tirés. Harassée. Sans doute n'ai-je pas réussi à masquer une expression d'inquiétude puisqu'elle m'a immédiatement expliqué qu'elle était en quartier d'isolement depuis trois jours.

— J'ai droit à quarante-cinq minutes de promenade par jour, dans une cour de vingt mètres carrés, entourée de murs de béton et entièrement surmontée d'un treillis de fer. La lumière y passe comme par un trou de serrure. Heureusement, il y a une barre de traction, elle a ajouté avec un rictus ironique.

Je n'ai pas pu réprimer un sourire à mon tour. Asseyez-vous. Elle s'est laissée tomber sur la chaise dans un geste de lassitude que je ne lui avais pas connu jusqu'alors. Tout son être était un soupir.

Mon API s'est mise à crachoter. On annonçait la clôture de toutes les portes.

— Je pense que c'est lié à ce qui se passe dehors.

Dolorès n'a pas réagi. J'ai précisé.

— Votre incarcération ici a été révélée et des gens étaient en train de se regrouper devant la prison quand je suis arrivé. J'imagine que les gendarmes vont disperser tout ça.

Elle a fait comme si cela ne lui importait pas. Elle ne semblait pas d'humeur à parler. En tout cas, plus d'humeur à jouer. Nous étions en train de vivre notre dernière séance. C'était comme une fin d'année scolaire, juste avant les vacances d'été. On flâne, on discute, on ne fait rien de concret ou de constructif.

Elle m'a vaguement raconté l'isolement. Pas grand-chose à dire, il ne s'y passe rien. Elle avait rangé ses grandes phrases. À se demander si tout cela n'avait pas été feint, simplement mû par l'envie d'en découdre avec moi. Je lui ai dit.

— Vos grands discours. Vous me les avez envoyés à la figure parce que je représente l'ordre. Mais vous ne portez rien, au fond, n'est-ce pas ? Vous m'avez balancé des grands mots, de la grandiloquence, parce qu'il fallait bien construire quelque chose, vous donner corps. Je vous regarde à présent, usée après quelques semaines d'incarcération seulement. Vous allez détester ce que je vais dire, moi en tout cas je déteste, mais je crois qu'en réalité, nous nous ressemblons. Votre différence avec moi, c'est que vous ne vous êtes pas résolue au cynisme.

Je me suis penché en avant, m'approchant de son visage pour la première fois. Elle n'a pas reculé. Ses lèvres se sont crispées légèrement.

— Vos meurtres, ça n'est pas de l'action, c'est du passage à l'acte. Ce n'est pas l'héritage révolutionnaire qui vous porte, c'est autre chose, une rage sans paroles, intime. La puissance de votre geste ne s'embarrasse pas de discours. Et c'est peut-être ça, au fond, qui a fait basculer tant de femmes à votre suite. Vous avez parlé, ici, face à moi, parce qu'il fallait bien remplir le trou du silence. Y enfoncer des mots, le combler. Moi, je le remplis autrement, ce silence. Mais le trou est le même.

— Vous ? C'est quoi votre truc, la chimie et l'alcool ?

— Entre autres, oui.

Quelque chose s'est produit. Une infime inflexion dans sa posture. Comme un soulagement. Elle a poussé un long soupir avant de se redresser.

— Vous savez, le vieux, je ne l'ai pas tué.

Elle a guetté une réaction de surprise. Mais rien n'est venu. Elle ne s'en est pas formalisée.

— Il est tombé, une pathétique chute de vieillard. Il m'attendait dans son pavillon de banlieue en pierre grisâtre. Il m'avait donné rendez-vous. Sur la table, deux verres et une bouteille de vin, quelques biscuits apéritifs. Il avait mis son costume. Celui dans lequel on l'a enterré. Il flottait un peu dedans, le noir était légèrement passé, le col de sa chemise blanche était terne, fatigué. Il m'a invitée à m'asseoir et m'a demandé des nouvelles de ma mère, par réflexe. Il avait momentanément oublié qu'elle était morte. Je le lui ai rappelé. Son visage s'est décomposé. Il faut dire qu'elle n'était déjà plus vivante avant de disparaître. À la fin, elle aurait pu confondre la *Joconde* et un tournevis. Une machine sans but, qui fonctionnait par habitude. Les médecins disaient qu'elle était en bonne santé, qu'elle pouvait vivre encore longtemps. Et puis elle est partie. Un sac vide dont le cœur a cessé de battre une nuit, comme ça.

Le vieux a soupiré et nous a versé du vin, il tremblait plus que d'habitude. Il a dit avec ta mère et ta grand-mère disparues, on est plus que tous les deux. Bientôt tu seras seule. Il a tendu la main et l'a posée sur ma joue avec une tendresse dont je m'étais toujours méfiée. Il n'était aimant que quand il était lâche. Il m'a lancé je vais crever bientôt. Je suis malade, moi aussi. C'est sûrement une question de mois. L'information m'a laissée de marbre. Il était le dernier survivant d'une dictature domestique. Son statut de héros révolutionnaire lui donnait tous les droits. Tirer une fois dans le corps d'un homme. Un instant. Un éclair. Et passer sa vie à jouir de sa force. Et même ça, c'était un mensonge. Ma mère le craignait, sa femme le craignait. Il était fort avec le faible et faible avec le fort. J'avais toujours gardé mes distances, même enfant. Il n'était pas le père que je n'avais jamais eu. Nous vivions dans le même espace mais dans deux univers différents. Ses yeux se sont embués. Sa voix s'est mise à chevroter. À avoir des ratés de moteur. Je vais crever et j'ai besoin que tu me pardonnes. Mièvre comme une pleureuse, dégueulasse de douceur. J'ai fait des choses inexcusables, Dolorès. Tu es la seule à pouvoir me pardonner. Des larmes épaisses, pâteuses, ont roulé doucement au coin de son œil. Il ne les a pas essuyées. Il fallait que je les voie. Il a attrapé son verre et pris une grande gorgée de vin. Passer une vie entière à jouer au tyran et demander l'absolution cinq minutes avant la fin, comme si ça pouvait tout effacer. J'ai pensé rédemption mon cul. Tu ne te rachèteras pas à minuit moins une. Ma colère était belle. Ma colère était digne. Et mon sourire narquois. Non, il n'aurait pas droit à ce pardon. Et je jouissais de ma force comme il avait joui de la sienne. Il a avalé sa lampée de vin lentement, la faisant durer autant qu'il le pouvait. Puis il a dit ta mère, elle ne t'a pas beaucoup parlé de ton père ? J'ai posé le verre que j'avais porté à mes lèvres. J'ai répondu c'était un salaud, comme vous tous. Il était marié, il l'a mise en cloque et elle ne l'a jamais revu. Je crois que je n'ai pas besoin d'en savoir beaucoup plus. Il a posé les paumes de ses mains froissées sur son visage. Il a dit non non non. Puis ses mains ont rejoint ses cuisses. Il m'a lancé un regard d'esclave. Ce type n'a jamais existé. Ta mère et moi, c'était comme un cancer. Dès qu'elle a eu quinze ans, ça a commencé à nous dévorer tous les deux. C'était plus fort que nous. C'était un amour trop grand. On ne pouvait pas s'empêcher. Et tu es née de cet amour trop grand, de cet amour monstrueux. Mais tu es une enfant de l'amour, Dolorès.

Mon cœur est tombé dans mon estomac. Mes jambes se sont mises à trembler. Il pleurait, sanglotait, faisait des bruits de vieillard, gluait. J'ai eu envie de lui cracher dessus. Il m'a dit viens, monte, j'ai quelque chose à te montrer. Il s'est levé et s'est dirigé vers l'escalier, frêle comme une feuille morte. Viens, qu'on en finisse. J'ai des papiers à te montrer.

Il tirait son vieux corps épuisé à chaque marche, ses membres brindilles, l'âge lui avait donné des airs de phasme. Moi, j'étais en bas, je le regardais monter, pétrifiée. Juste avant d'arriver au sommet, il s'est tourné vers moi, il a cherché mon regard et sa pantoufle a glissé sur la dernière marche parfaitement cirée. Il a dévalé l'escalier, tourné, cognant son crâne contre le mur, la rampe, le mur à nouveau. Il n'a pas crié, pas eu le temps. Quand il a atteint le sol, une petite flaque de sang s'est répandue autour de sa tête, son visage parchemin disait la peur de la mort. Je me suis levée, il m'a dit appelle, appelle, s'il te plaît, appelle. J'ai sorti mon téléphone, j'ai composé le 18. J'étais calme. J'ai attendu les pompiers. Je n'osais pas croiser ses yeux qui étaient en train de s'éteindre. Il m'a dit je ne veux pas mourir tout de suite. Il m'a dit je crois que je vais mourir. Pardonne-moi. Pardonne-moi. Les pompiers sont arrivés, ont décidé immédiatement de le conduire à l'hôpital. Ils l'ont mis sur une civière, m'ont proposé de monter dans le camion avec eux. Le vieux implorait, suppliait. J'ai dit OK, je l'ai suivi à l'arrière. Allongé à côté de moi, il m'a pris la main. Il me disait je t'aime. J'ai laissé ma main dans la sienne avec répugnance. Quand on a atteint l'hôpital, les pompiers ont descendu la civière. Ils s'apprêtaient à l'emmener, on m'a arrêtée, il faut que vous restiez là, vous ne pouvez pas l'accompagner. Sa vieille main griffue a serré encore une fois la mienne. Il a répété pardonne-moi. Pardonne-moi. Les pompiers ont attendu un instant ma réponse. L'un d'entre eux a insisté, il faut qu'on l'emmène madame, si vous avez quelque chose à lui dire, c'est maintenant. Le regard des sauveteurs brûlait mes joues, ma nuque, ils ne comprenaient pas, j'attendais quoi ? Leur regard planté en moi, leur jugement comme une dague. J'ai serré la main du vieux et j'ai chuchoté, je te pardonne. Puis ils sont partis en trombe, me laissant là, à l'entrée de l'hôpital, hébétée. Je suis allée aux admissions faire enregistrer le vieux. J'ai sorti les papiers nécessaires. La jeune femme m'a demandé si j'étais de la famille. Oui. C'est mon... grand-père. Et mon ventre s'est déchiré. Comme la carcasse suspendue d'un animal qu'on ouvre en deux. Mes tripes ont dégouliné hors de moi. Je venais de pardonner. Je venais d'absoudre cette pourriture. Je ne pouvais pas le laisser partir comme ça, le cœur léger. J'ai demandé où est-il ? Il faut que je le voie. Et j'ai couru. J'ai couru contre la montre. Je reprenais tout, je reprenais ma parole, je recouvrais ma fierté. Je suis arrivée devant la salle de réanimation. Plusieurs blouses blanches s'affairaient autour de lui. Je suis entrée comme un typhon, j'ai hurlé non ! Les blouses blanches se sont tournées vers moi. L'une d'entre elles m'a dit c'est fini. Je suis désolé. Je me suis approchée du corps, j'ai agrippé ses quelques cheveux blancs de toutes mes forces. J'ai crié que je ne lui pardonnais rien, qu'il était une ordure, que je ne lui pardonnerais jamais. J'avais le fol espoir que son âme soit encore là, dans les parages, à scruter la pièce, que quelque part au fond de son oreille un reliquat de conscience m'entende. Les blouses blanches m'ont tirée hors de la pièce. Je suis restée sonnée, en salle d'attente pendant des heures. Personne ne parvenait à me faire partir. Puis je me suis levée, j'ai quitté les lieux, pleine de vide.

Elle s'est arrêtée de parler, attendait que je réagisse. Je ne savais pas comment. Mon intuition était la bonne depuis le début. Quelque chose n'allait pas. Mais je n'ai pas aimé cette petite victoire. Elle avait un goût de cendres et de chagrin. Devant mon silence, elle s'est décidée à continuer.

— Depuis, je…

La fin de sa phrase a été interrompue par des cris dans l'API.

40

DOLORÈS

Je n'ai pas pu finir, ça s'est mis à hurler dans l'API. Et, presque immédiatement après, dans ce qu'ils appellent *la rue*. De là où nous étions, nous ne pouvions pas voir, mais le son qui se répercutait comme une balle folle contre les murs disait colère, disait violence.

— Il l'a fait, ce con.
— Il a fait quoi ? m'a demandé le psy.
— Laissez tomber, si vous n'avez pas compris, c'est que vous n'avez rien compris. Ça me désole un peu, je vous pensais plus vif, plus malin.

Des bruits de métal, de plus en plus fort, encore des cris et quelque chose qui ressemblait à un coup de feu. Pourtant, il n'y avait pas eu de revolver à l'acte un.

Une surveillante est arrivée, elle a ouvert la porte. Vous allez devoir rester ici. Il y a un début d'émeute. Elles n'ont pas voulu remonter de promenade sous prétexte que Dolorès a été mise à l'isolement. Elles ne savent pas qu'elle est ici. La surveillante parlait de moi sans me regarder, comme si me jeter un simple regard la condamnait à me passer à tabac pour apaiser son affolement.

— On a appelé les ERIS, les brigades d'intervention antiémeutes. Ils ne vont pas tarder à arriver. On va mater tout ça.

— Et dehors, il se passe quoi ? a demandé le psy.

— Des gens continuent à se rassembler. On n'a pas encore d'informations sur la dispersion. J'imagine que la gendarmerie ne tardera pas.

Elle est sortie, a verrouillé la porte. Nous étions coincés là pour un temps indéterminé.

— Qu'est-ce que je n'ai pas compris ?

— Pedro.

— Quel Pedro ?

— Je crois que vous l'appelez Pietro.

— Le vieux au chien à trois pattes ?

— Oui, il l'appelle son tripode.

Il a pris le temps d'encaisser l'information. Il aurait dû se mettre en colère, mais ça n'est pas venu. Rien, aucune rage, pas même un agacement. Il a répondu comme si de rien n'était.

— Il m'a dit, ou plutôt fait comprendre, qu'il était un ancien des Brigades rouges. En tout cas qu'il avait connu les années de plomb.

— Alors il se sera foutu de vous jusqu'au bout. Non seulement il n'est pas italien le moins du monde mais il n'a jamais pu sentir les mouvements d'extrême gauche italiens et allemands. Il a toujours considéré ces types comme les idiots utiles de la social-démocratie. Il est venu quand il a su que j'étais là. Nous parlons régulièrement au téléphone depuis mon incarcération. Il est entré en contact avec vous et a cru un instant que vous étiez de notre côté. Ou plutôt de son côté. Qu'il pouvait vous retourner et que vous m'aideriez à m'évader. Mais d'après lui vous êtes un dérisoire. Un genre de rien, de vide, une outre à vin montée sur un poudrier dont on ne pourrait rien tirer. Pedro s'est mis en tête de me faire sortir. Il croit que l'embrasement peut commencer ici, maintenant.

Le psy tendait l'oreille de temps en temps, pour essayer d'entendre ce que je disais à cause des hurlements et des portes qu'on brisait dehors, à *la rue*. Les filles avaient dû réussir à défoncer les grilles maintenant. Elles étaient sûrement déjà au quartier d'isolement et s'apercevraient vite que je n'y étais pas.

— Les embrasements s'éteignent, il a fini par répondre. Les révolutions ne durent qu'un temps, même lorsqu'elles aboutissent. Qu'est-ce qui peut bien lui faire penser que ce sera différent cette fois ?

— Pedro est vieux. Il a rêvé de ce moment toute sa vie. Il veut mourir dans le feu de la révolte. Ce qui se passera après, ça ne l'intéresse pas.

— Et vous, vous en pensez quoi ? Tout ça, ça se termine comment ?

La radio du psy n'avait pas arrêté d'éructer des informations sur un ton de panique mais ni lui ni moi n'avions écouté. On s'en foutait de ce qui se passait au-dehors. La mutinerie finirait par s'essouffler. Ou par être matée. Il fallait franchir trois ou quatre portes blindées pour arriver jusqu'à la salle où nous nous trouvions. Même si l'une des filles avait l'idée de venir nous chercher ici, ça prendrait des heures pour qu'elles parviennent à ouvrir. L'API a dit les ERIS sont en place, prêts à intervenir, ils ont eu un peu de mal à passer à cause des gens dehors. Mais ils sont là. On attend le feu vert. Il y avait du soulagement dans la voix. Je me suis levée. Le psy et moi n'avions sans doute plus rien à nous dire. Il avait ce qu'il lui fallait pour rédiger son rapport. Je me suis approchée de la fenêtre aux épais barreaux. Elle donnait sur le côté de la prison. Au-delà, habituellement, on pouvait voir des prés et des moutons. Là, non. Une petite foule. Antoine Petit, psychiatre, a perçu mon léger recul, il s'est levé à son tour.

— Quand je suis arrivé, il y avait un groupe de femmes qui faisaient le pied de grue devant le centre. Mais là, il s'est passé quelque chose. Là, si ça déborde sur les côtés c'est que devant la prison elles doivent être au moins une centaine. Elles sont là pour vous, j'imagine. Et pile au moment de l'émeute, comme un fait exprès.

Je me suis mise à rire. Encore Pedro.

— Vous êtes un candide. Infoutu de comprendre une stratégie, une manipulation. Je suis sûre que c'est Pedro qui a lancé l'émeute. Et sûre que c'est lui aussi qui a fait fuiter l'information d'un début de révolte dans la prison.

Il m'a coupée.

— Comment il aurait fait ça, l'émeute ?
— Il avait le numéro de Marion. Pas compliqué.
— Marion ?
— Ma codétenue. C'est grâce à elle que j'ai pu entrer en contact avec lui. La conjonction des événements. C'est son truc. Deux événements distincts qui arrivent au même moment peuvent faire basculer les choses. Si les gens sont là, c'est parce qu'il y a une émeute. Et s'il y a une émeute, c'est parce que Pedro a dû convaincre Marion que les gens seraient là.

Nous avons entendu une déflagration. Des cris, encore des cris. Des coups de feu. Rafales. Tout à coup, la guerre est entrée dans la prison. Des voix d'hommes donnant des ordres à d'autres hommes, autoritaires, brutales.

J'ai à nouveau regardé par la fenêtre et vu que la foule avait encore enflé, en quelques minutes. Nous sommes restés là, à entendre des bruits de portes que l'on cogne, des détonations, des détonations et des cris, beaucoup de cris. Un temps très long s'est écoulé avant que le vacarme ne s'estompe. Nous nous sommes tus. Nous jetions tour à tour un œil à la fenêtre. Le psy l'a ouverte pour tâcher de distinguer, à travers les barreaux, les slogans qui s'élevaient dans la foule. Mais ce n'était que brouhaha et poings levés, au loin. Puis nous sommes allés écouter l'émeute.

Le silence ne s'est pas fait d'un coup, juste un étouffement progressif, une rumeur, des bottes qui frappent le sol moins vite, des portes qui claquent moins fort. L'émeute était matée. Impossible de savoir quel déluge s'était abattu sur les détenues depuis cette salle close ne comportant qu'une fenêtre aux barreaux vert pomme, comme un oxymore. L'API s'est remise à bafouiller au bout d'un temps. La situation était sous contrôle, les détenues retournées à leurs cellules. Les portes de l'unité médicale se sont ouvertes, refermées. J'ai entendu des gémissements. À quelques mètres de nous, ça s'affairait à soigner les blessées, sans aucun doute. L'API a parlé à nouveau. La foule au-dehors. L'API disait la foule au-dehors, et je suis allée regarder encore une fois. Au loin, une file de voitures arrivait. Le rassemblement grossissait. Le psy est venu près de moi. Il a posé ses coudes sur le bord de la fenêtre. Nos épaules se touchaient presque. Son corps venait de changer. Un printemps. On a contemplé le chaos en silence.

41

ANTOINE

Nous sommes restés à observer au-dehors, jusqu'à ce que les ERIS finissent leur ménage. La petite foule commençait à venir cogner contre les portes du centre pénitentiaire. Quelques jets de pierres contre la façade. Il ne faudrait pas attendre longtemps avant que le rassemblement ne s'échauffe réellement. Les ERIS étaient là pour mater les émeutes, pas pour défendre Fort Alamo. C'était pourtant ce qui allait leur arriver. L'API ne cessait de balancer des informations, avec un air de panique de plus en plus évident. C'est là qu'un des types, casque à la main, visage rouge, mèche collée au front, est venu nous voir pour nous annoncer qu'il faudrait que l'on reste là encore un moment, qu'ils reconduiraient Dolorès à l'isolement plus tard. Pour l'instant, il n'était pas encore prudent de la faire sortir dans les couloirs.

— On risque d'être encerclés. Des renforts sont en route. Je vous laisse ici. Vous avez de l'eau ?

J'ai indiqué qu'il y avait les toilettes attenantes à la salle et que par conséquent nous étions parés. Dolorès s'est assise par terre, juste en dessous de la fenêtre ouverte, dos contre le mur. Elle ne disait rien. Elle ne semblait même pas vraiment attendre.

Comme figée dans un temps perpétuel. La tempête de ses yeux s'était éteinte.

Puis elle a levé le regard vers moi.

— Vous pensez qu'ils veulent vraiment me libérer ? Les gens, dehors, vous pensez qu'ils veulent me faire sortir ?

Elle avait soudain huit ans. Une petite fille effrayée.

— Je n'en sais rien. Sûrement.

— Mais pour quoi faire ?

— Ils ne savent sans doute pas eux-mêmes. Ils vous veulent, ils ne savent pas ce qu'ils veulent de vous. Ce qui est important, c'est cet instant, ce moment où ils vont prendre d'assaut la prison, c'est ça qui va les faire vivre. Votre Pedro, il faudrait qu'il meure à ce moment-là. Il y verra de la gloire, il y verra ce qu'il espère depuis si longtemps. Mais il ne faut pas qu'il vive au-delà. Quelle que soit l'issue du combat, le monde va suivre son cours. De nouveaux salauds remplaceront les anciens.

— Vous croyez vraiment qu'il est assez idiot pour ne pas le savoir ?

— Évidemment pas, le type que j'ai rencontré, qui m'a pris pour le con que je suis, sait que ce sont des ronces et non des roses qui naissent du sang de la foule.

— Vous êtes un genre de saloperie, vous savez. Moi, je m'en fous de la révolution, mais j'y vois de l'honneur, de la dignité. De toute façon, ce qui vous inquiète dans l'immédiat ce n'est pas la violence, pas le sang, pas la révolte mais la drogue dont vous manquez déjà. Vous êtes nerveux, vous vous grattez le nez comme un membre fantôme. Ça aussi, je l'ai vu.

Je n'ai pas répondu. J'ai souri. Oui, je crevais d'envie d'une trace, de la faire entrer en moi comme une eau limpide, comme une promesse de lendemain. Oui, j'avais besoin de ce lendemain menteur, parce que le monde brûlait, que je ne pouvais rien faire, sinon rentrer chez moi et recommencer.

Trois types sont arrivés. Même uniforme, fusil d'assaut en bandoulière. Ils m'ont dit on la met au chaud. Ça commence à se tendre sévère à l'extérieur. On a appelé des renforts pour calmer la foule. Ils ne tarderont sans doute pas trop à arriver. Restez là si vous voulez.

J'ai dit non, je préférerais sortir.

— Vous ne pouvez pas quitter l'enceinte.

— Ce n'est pas ce que j'ai dit, juste aller dans la cour de l'entrée, respirer un peu l'air.

— C'est dangereux. On ne sait pas ce qui va se passer.

— Je m'en fous, je veux de l'air. Votre boulot c'est de protéger la prison, pas de me protéger moi. Laissez-moi sortir.

Ils se sont concertés, ont dit OK. On revient vous chercher. Ils ont menotté Dolorès et se sont apprêtés à l'emmener. Elle n'a pas suivi docilement comme à son habitude. Elle n'a pas bougé, est restée là, à me regarder. Elle avait retrouvé son port altier. Elle m'a dit au revoir. Je n'ai pas réussi à répondre. Les trois types l'ont poussée légèrement pour qu'elle avance. Elle m'a souri.

Dix minutes plus tard, l'un des gars était de retour. Grand, massif, mais nerveux. Une montagne prise de tremblements. Il m'a accompagné, ouvrant toutes les portes lui-même, les unes après les autres.

L'air s'est posé sur mon visage comme une paire de mains glacées.

Les ERIS, postés à chacun des miradors, fusils dirigés vers la horde amassée dehors, scrutaient ses moindres mouvements. Les surveillantes patrouillaient en permanence dans les coursives. Elles avaient toutes été armées. La révolte à l'intérieur de l'établissement avait été matée. Les détenues enfermées dans leurs cellules. Les repas distribués arme au poing par les surveillants mâles arrivés en renfort. La foule, de l'autre côté de l'enceinte, pesait si lourd contre les murs qu'on aurait pu les voir ployer. Aucune violence pourtant. Aucun cri. Juste une rumeur, un grondement perturbant à peine le silence des montagnes. L'armée était en route, c'était ce que m'avait dit l'un des ERIS. Pour assiéger les assiégeants.

La nuit est tombée. C'est drôle, la nuit tombe. Elle chute. Elle bascule, se casse la figure sur le jour et le recouvre. On a allumé des lumières. Des spots grands ouverts. J'avais toujours l'API à la ceinture. Un fond sonore. Plus personne ne s'occupait de moi. Pas d'agitation, seulement la nuit enluminée de cris électriques. Et ce roulis dehors. Cette tension dans l'air froid. Ma respiration montait dans l'air, ma bouche était une cheminée d'usine.

Soudain, c'est devenu la ruche. Talkies en main, les ERIS se sont mis à cavaler partout. On la sort. J'ai entendu ces mots mais ne les comprenais pas. On la sort. Trois hommes en uniforme, trois clones noirs sont passés devant moi sans m'adresser un regard. Leur course était un cliquètement incessant provoqué par leurs armes. J'avais froid. Puis un groupe de six s'est formé. Ils se sont dirigés vers le portail. Ils sortaient. Je me suis demandé pourquoi. Très vite, la grille s'est ouverte et trois ambulances sont entrées dans l'enceinte de la prison, au pas, hommes armés reculant, face à la foule, protégeant les véhicules. L'émeute avait dû faire des blessés, évidemment. Des types en blouse blanche ont sauté des ambulances et ont sorti des brancards. Leurs gestes étaient vifs et précis mais, contrairement à ceux des flics, ne traduisaient aucune panique. Je me suis mis sur le côté, pour les laisser à leurs mouvements. Les trois brancards se sont engouffrés dans le bâtiment. Quelques minutes plus tard, deux brancards sortaient, portant deux détenues allongées. L'une avait un bandage imprégné de sang à la tête, gémissait, l'autre paraissait endormie. Les blouses blanches ont engouffré les blessées dans les ambulances. Les ERIS se sont placés devant les véhicules lorsque la porte s'est ouverte. Les gyrophares se sont allumés, les sirènes se sont mises à crier. De loin, j'ai vu la foule se fendre en silence pour les laisser passer.

Quelques minutes plus tard, le troisième brancard est passé devant moi. La couverture de survie recouvrait entièrement le corps. Même procédure. L'ambulance a quitté le centre pénitentiaire sans que la foule ne l'entrave.

J'ai attendu. Je ne savais pas quoi faire. Ils avaient dit on la sort. Alors j'ai attendu qu'ils la sortent. Mais ce n'est pas venu. J'ai espéré voir Dolorès quitter les murs. J'ai espéré la voir sans menottes, j'ai espéré la voir s'approcher de l'entrée. J'aurais dit non, pas celle-là, la grande. Les types se seraient retournés, ils m'auraient jeté un drôle de regard. J'aurais dit pas la petite porte, il faut qu'elle sorte par la grande. Dolorès m'aurait lancé son premier vrai sourire. Un sourire d'une tristesse à pleurer, d'une beauté à pleurer, d'une humanité à pleurer. Elle se serait plantée devant l'immense portail. Elle aurait dit attendez. Elle aurait enlevé son pull. Elle aurait enlevé ses chaussures, ses chaussettes, son pantalon. Elle aurait porté des sous-vêtements de coton, presque des sous-vêtements de petite fille. Le portail aurait ronflé fort en s'ouvrant. Elle se serait retournée vers moi. Elle aurait dit j'ai peur. Je ne lui aurais pas répondu. Je n'aurais pas bougé. Je serais resté là, bras ballants, conscient que la foule allait la dévorer dans un geste d'amour cannibale. Elle était leur jouet, l'instrument de leur rage, la poupée de chiffon que l'on déchire sous l'effet de la colère. Elle n'était qu'un objet, un marteau en dentelle. Dolorès aurait avancé de quelques pas. Le grondement de la multitude se serait arrêté net. Un oiseau figé par le froid en plein vol.

Mais ce n'est pas venu. Après le départ des ambulances, la tension a semblé baisser d'un cran. J'ai demandé où était Dolorès. On ne m'a pas répondu. Alors j'ai voulu sortir. J'ai voulu quitter ce foutoir, ces murs, ces grilles vertes, ces barbelés. On n'a curieusement fait aucune difficulté. La foule, devant le centre, n'était pas aussi importante que ce que j'avais imaginé. Les réverbères du parking avaient été éteints. Les phares des voitures stationnées non loin étaient la seule source de lumière. J'ai traversé la petite masse dans cette pénombre. J'ai repris le chemin du studio.

42

DOLORÈS

La surveillante a ouvert la porte de ma cellule. Leal Mayor, vous venez avec moi. Je me suis levée. J'étais épuisée. Elle ne m'a pas menottée et m'a conduite à la sortie du quartier d'isolement. Deux ambulanciers et deux flics casqués attendaient devant un brancard. La surveillante m'a dit allongez-vous. Je ne comprenais pas. Elle a répété allongez-vous. Et ne posez pas de questions. J'ai pensé ils vont me faire disparaître. J'ai pensé ils vont me faire sortir et me coller une balle dans la tête. Ou une seringue dans les veines. J'ai soupiré. Il fallait bien que ça se termine, de toute façon. Je me suis allongée. Ils m'ont cachée sous une couverture de survie. J'ai fermé les yeux. Trop de fatigue. Je me suis laissé bercer par le bruit des roulettes. J'entendais les portes s'ouvrir, se refermer. Puis j'ai senti un air frais se glisser sous l'aluminium. Enfin, on a soulevé le brancard et des portières se sont refermées. La sirène s'est mise en marche, à crever les tympans. J'ai senti l'ambulance avancer au pas. Puis accélérer, de plus en plus vite. Bientôt, ça serait fini. Une balle dans la nuque suivie d'un bain d'acide.

L'ambulance s'est arrêtée. J'ai entendu un aboiement étouffé, comme si le chien avait gueulé dans du coton. Le chauffeur est descendu et il a ouvert les portières arrière. Pedro avait le tripode dans les bras. J'étais, sans raison, encore étendue sur le brancard. Je me suis assise et j'ai caressé le chien. Nous n'avons pas parlé, je n'ai pas posé de questions. L'ambulance est repartie, plus tranquillement. Quand les portes se sont rouvertes, on nous a fait descendre. C'était un aérodrome. Une enfilade de petites lumières éclairait faiblement l'unique piste. Le moteur de l'avion tournait.

43

ANTOINE

Attablée avec moi à une terrasse de café à Pigalle, Zélie m'a dit regarde, en me tendant son téléphone. La notification du grand quotidien national auquel elle était abonnée titrait : LA CAVALE DE LEAL MAYOR. Elle a suivi le lien putaclic. L'article était illustré d'une photo floue, montrant une femme, un vieillard avec un chien à ses pieds à une terrasse de café. Le journaliste expliquait qu'il s'agissait d'un cliché non authentifié, dont on ne connaissait pas la provenance et dont personne ne savait au juste où il avait été pris. L'information à son apogée.

— C'est elle, tu crois ?

J'ai observé un instant. Ses cheveux étaient longs à présent. Et bruns. Le vieux à côté d'elle, avec sa chevelure blanche, tirait sur une cigarette. La photo n'était pas très bonne mais il manquait clairement une patte au gros chien noir.

J'ai haussé les épaules.

— Peut-être.

Après la disparition de Dolorès, le temps est resté suspendu. Les meurtres ont cessé rapidement. Comme si la foule attendait un geste, une communication, un encouragement de Dolorès à déclencher la fureur. Mais non, rien.

— Putain, elle est en cavale, on la prend en photo et on ne l'arrête même pas ? a dit Zélie.

— Tu imagines bien que personne n'a envie de la retrouver. Qu'il vaut mieux que les adeptes de la *pasionaria* des ventres crevés pensent qu'elle les a trahis et qu'elle se dore la pilule quelque part en se foutant pas mal de leur révolte.

— Ne me prends pas pour une idiote, ma question était rhétorique.

J'ai fini ma bière d'un trait. Le ciel d'été commençait sa dangereuse chute. J'en ai commandé une autre. Une pinte, oui. Je me suis levé, j'ai embrassé Zélie sur le front. Elle a fermé brièvement les yeux. J'ai dit je vais aux toilettes, je reviens. Elle n'a rien répondu, m'a juste lancé un petit regard triste que je n'ai pas voulu saisir. En passant devant le comptoir, j'ai failli percuter une jeune fille aux cheveux rasés, teints en blond. Je me suis excusé. Elle a fait un simple geste pour me signifier que ça n'avait pas d'importance. Elle avait le regard mélancolique et doux, des yeux immenses. Elle a attrapé la guitare à ses pieds et l'a jetée sur son épaule. Elle avait l'air d'un cow-boy. Elle a passé la porte vitrée sur laquelle un soleil rouge se reflétait, masquant la rue. Moi, j'ai pris l'escalier qui menait aux odeurs d'urine et de détergent.

REMERCIEMENTS

À Olivia Benoist-Bombled et Estelle Bellin qui ont, pour moi, poussé les lourdes portes.

À Léo Gonnet qui a dû en oublier la raison.

À Floriane Vogel qui, elle, en connaît parfaitement la raison.

À ceux d'Aiton pour des raisons tellement nombreuses : Cyril, Driss, Jocelyne, Marie-Pierre, Hassan, Mounir, Richard, Sall, Stéphane.

À Barbara, toujours, sans qui aucun livre n'existe.

Les vers de *La Divine Comédie* de Dante reproduits en page 75 sont dans la traduction d'Henri Longnon (1938), Classiques Garnier, 1999 (réédité en 2019).

Le vers reproduit en page 95 est issu de la chanson "Como el Agua (Tangos)" de Camarón de la Isla.

OUVRAGE RÉALISÉ
PAR L'ATELIER GRAPHIQUE ACTES SUD
ACHEVÉ D'IMPRIMER
SUR ROTO-PAGE
EN NOVEMBRE 2023
PAR L'IMPRIMERIE FLOCH
À MAYENNE
POUR LE COMPTE DES ÉDITIONS
ACTES SUD
LE MÉJAN
PLACE NINA-BERBEROVA
13200 ARLES

DÉPÔT LÉGAL
1re ÉDITION : JANVIER 2024

N° impr. : 103561

(Imprimé en France)